Arthur Brügger

Das Lächeln des Schwertfischs

Arthur Brügger

Das Lächeln des Schwertfischs

Roman

Aus dem Französischen
von Monika Buchgeister

PENDO
München Berlin Zürich

Mehr über unsere Autoren und Bücher:
www.pendo.de
Aktuelle Neuigkeiten finden Sie auch
auf Facebook, Twitter und YouTube.

MIX
Papier aus verantwortungsvollen Quellen
FSC® C014496
FSC www.fsc.org

Deutsche Erstausgabe
ISBN 978-3-86612-414-1

Titel der französischen Originalausgabe:
»L'Oeil de l'espadon«

Satz: Uhl + Massopust, Aalen
Gesetzt aus der Aldus LT Std
Druck und Bindung: GGP Media GmbH, Pößneck
Printed in Germany

»Ich bin wirklich nicht gern mit Erwachsenen, mit Großen zusammen – ich habe das schon längst an mir beobachtet –; ich bin nicht gern mit ihnen zusammen, weil ich sie nicht verstehe.«

Fjodor Dostojewski, *Der Idiot*

Monsieur Giordino sagt, dass Fisch nicht stinkt, außer wenn er nicht frisch ist. Monsieur Giordino, das ist der Chef meiner Abteilung im Kaufhaus. Einmal habe ich zu Monsieur Giordino gesagt, dass ich gerne hier arbeite, weil es der einzige Ort ist, an dem es das ganze Jahr über Schnee gibt. Wenn ich so etwas sage, also zu Monsieur Giordino, lächelt er mit den Augen. Er hat einen ganz kleinen Kopf, der auf einem massigen Körper sitzt, und er hat keine Haare. Ich habe mich nie getraut, ihn zu fragen, warum er keine Haare hat, sicher hat er Haarausfall und rasiert sich deshalb lieber gleich den Kopf. Morgens hat er dunkle Ringe unter den Augen, und sein Blick ist sehr intensiv, wenn er müde ist. Seine Augen sind hell, blau und strahlend, dazu ein bisschen blutunterlaufen wie die Augen eines Kuckucks-Knurrhahns. Ich könnte nicht genau sagen, wie alt Monsieur Giordino ist. Ich glaube, er ist irgendwas zwischen ein bisschen alt und noch nicht richtig alt. Seit der Eröffnung des Kaufhauses läuft die Fischabteilung wie geschmiert, und ich weiß, dass Monsieur Giordino darauf stolz ist, auch wenn er sich gerne einmal etwas ausruhen würde. Aber Monsieur Werner, der Chef der Lebensmittelabteilung, will keine weiteren Beschäftigten einstellen, weil der oberste Chef des Kaufhauses, der der Chef des Chefs von Monsieur Giordino ist, seine Gründe hat. Kostengründe. Also arbeitet Monsieur Giordino viel, und das jeden Tag. Ich arbeite achtzig Prozent, an fünf Tagen in der Woche: am Montag, Dienstag, Mittwochvormittag, Freitagvormittag und am Samstag.

Am Morgen hole ich die Fische für den jeweiligen Tag aus dem Kühlraum. Der Raum für den Fisch befindet sich ganz am Ende der Kühlräume des Kaufhauses, hinter den Kulissen. Monsieur Giordino bezeichnet das gern als »Kulissen«, er fühlt sich dann wohl wie ein Schauspieler. Während ich das Eis für die Thekenauslage vorbereite und anschließend die Filets für die Kunden hübsch in Reih und Glied lege, bereitet Monsieur Giordino die »hausgemachten« Fischsalate zu, die man an der Selbstbedienungstheke erstehen kann. Ich erinnere mich noch, wie ich ihm zum ersten Mal dabei zusah und es mir ganz komisch vorkam, als er drei Kanister mit jeweils zwei Litern Öl leerte, um dann einen riesigen Tintenfischsalat zuzubereiten. Im Kaufhaus muss man sich daran gewöhnen, alles im großen Maßstab zu sehen.

Am späteren Vormittag kommen dann die ersten Kunden, und bei mir ist es so, dass mich der erste Kunde immer ein wenig stresst. Ich verheddere mich bei der Maschine, mit der ich den Fisch luftdicht in Aluminiumfolie verschließe, damit er länger frisch bleibt. Monsieur Giordino predigt mir immer wieder sein italienisches Sprichwort: »Chi va piano va sano e va lontano.« Ich tue so, als würde ich alles verstehen, dabei spreche ich kein Wort Italienisch.

Jedenfalls ist Stress nicht hilfreich, wenn es darum geht, keine Dummheiten zu machen. Und Dummheiten mache ich ganz schön viele. Wenn ich mit Kunden zu tun habe, werde ich immer ganz rot und bin ein bisschen chaotisch. Wenn ich Angela bei der Arbeit zusehe, fühle ich mich echt ungeschickt. Ich wäre auch gern so zupackend wie sie. Angela ist die Assistentin, die rechte Hand von Monsieur Giordino, sie hat goldblonde Haare und ein hübsches Lächeln. Ich glaube, dass sie eine gute Mama abgeben würde. Angela war auch diejenige, die mir gezeigt hat, wie man einen Fisch ausnimmt.

Zuerst müssen die Schuppen entfernt werden, indem man den Fisch mit dem herzförmigen Kratzer kräftig abschabt, und zwar mehrmals. Das ist gar nicht so einfach, weil man oft abrutscht. Manchmal reicht aber auch ein Messer, zum Beispiel bei zarteren Fischen wie dem Seehecht. Es gibt auch Fische, die gar keine Schuppen haben, zum Beispiel die Makrele. Danach müssen die Flossen abgeschnitten werden. Monsieur Giordino sagt, dass sie einen Friseurtermin bei uns haben. Und schließlich muss man den Fischen eine Schere in den After stoßen und bis zum Hals hochziehen. Dann müssen die Fische geöffnet werden, und man muss mit der Hand hineingreifen, um die Eingeweide herauszuziehen. Manchmal piekst man sich, weil ja Gräten da drinnen sind, also muss man ganz schön aufpassen dabei. Dann werden die Kiemen und die gesamte Halspartie entfernt. Jetzt müssen die Handschuhe weggeworfen werden, weil sie ganz rot sind. Anschließend müssen die Innenseiten der

Fische unter einem kräftigen Wasserstrahl gründlich abgespült werden, damit der Kunde glaubt, ein toter Fisch wäre innen tatsächlich hübsch anzusehen. Das ist manchmal gar nicht so einfach, weil die Innereien glitschig sind und man hier und da einen kleinen Fetzen vergisst. Und so etwas mag der Kunde ganz und gar nicht. Ich erinnere mich noch an meinen ersten Fisch, eine Königsdorade. Angela hat mir zugeschaut, und sie hat mir auch ein wenig geholfen. Ich erinnere mich an ihr Lächeln, sie hat mich gelobt. An diesem Tag bin ich stolz auf mich gewesen.

Wenn die ersten Kunden kommen, tue ich immer so, als hätte ich etwas anderes zu tun. Sie sollen auf keinen Fall denken, dass ich darauf warte, sie zu bedienen. So lauten die Anweisungen der Vorgesetzten: Es muss so aussehen, als wäre man sehr beschäftigt, damit der Kunde das Gefühl hat, man arbeite unentwegt. Also spüle ich ein Messer, wische eine Arbeitsplatte ab oder hole Nachschub für den Papierhandtuchspender. Oder Handschuhe. Wir verbrauchen viele Plastikhandschuhe. Denn die Hygieneleute sollen zufrieden sein, wenn sie kommen. Man soll auch nie mit verschränkten Armen dastehen oder mit den Händen in den Hosentaschen, sonst bekommt man Ärger, weil man ja ein gutes Bild abgeben soll. Und natürlich soll man die Kunden anlächeln, das ist ganz wichtig, selbst diejenigen, die nicht lächeln und die nicht Guten Tag sagen. Angela besitzt eine echte Begabung dafür. Sie hat eine kräftige Stimme und ruft immer sehr laut: »Guten Tag«, damit die Kunden sich verpflichtet fühlen, etwas zu kaufen. Aber ich, ich bin schüchtern, und deshalb begrüße ich sie nur ganz zaghaft. Oft antworten sie dann gar nicht.

Angela erklärt mir immer wieder, dass das Verkaufen

ein regelrechtes Spiel der Verführung ist. Es ist daher auch kein Zufall, dass die Männer immer mehr bei ihr kaufen als Frauen. Sie predigt mir immer, dass es bei mir genauso sein wird, wenn ich es gut anstelle. Aber ich besitze überhaupt keine Begabung für die Verführung, so ist es nun einmal. Und so lautet der Lieblingssatz der Kunden mir gegenüber: »Danke, ich schaue nur.« Aber sie können ruhig wissen, dass mir das ganz egal ist. Von mir aus können sie schauen, solange sie wollen. Außerdem begrüße ich die Kunden auch nur, weil ich dazu verpflichtet bin, genauso wie die Kassiererinnen sie automatisch fragen, ob sie eine Kundenkarte besitzen. Das ist Vorschrift.

Im Allgemeinen vermeide ich es zu reden, solange ich nicht dazu verpflichtet bin. Denn wenn ich gestresst bin, habe ich einen sogenannten Sprachfehler. Zwar bin ich als kleines Kind zu einer Logopädin gegangen, aber sie hat bei mir nichts logopädiert, überhaupt gar nichts. Ist doch nur ein kleiner Fehler, fällt gar nicht auf, tröstet man mich manchmal. Von wegen! Es ist so, als wollten die Worte nicht aus meinem Mund heraus und trieben stattdessen ihr Spiel mit meiner Zunge. Sie kitzeln sie und machen sich dabei über mich lustig, sie klammern sich fest, und so bleibt alles im Halse stecken, zusammen mit der Scham darüber. Und wenn schließlich alles auf einmal herauspurzelt, ist es auch nicht besser. Am schlimmsten ist es, wenn man mich bittet zu wiederholen, was ich gerade gesagt habe. Ich könnte all diejenigen umbringen, die mich darum bitten. Trotzdem bin ich nicht gewalttätig, nicht einmal einer Fliege habe ich jemals etwas zuleide getan.

Später am Tag mache ich eine Kaffeepause, und manchmal, da habe ich den Eindruck, dass die Angestellten des

Kaufhauses nur auf ihre Kaffeepause hinarbeiten. Oder besser gesagt, auf ihre Glimmstängel-Pause, sodass man beinahe glauben könnte, sie machen sich süchtig, einfach nur, damit sie etwas Schönes haben, auf das sie sich freuen können. Ich rauche blöderweise nicht, und Kaffee trinke ich eigentlich auch nur, weil man es eben tut. Aber trotzdem gehe ich in meiner Pause hoch in die Kantine. Ich muss mit dem Aufzug bis ganz nach oben fahren und in der obersten Etage an den Büros der Direktion vorbeigehen. Manchmal begegne ich ihnen auch, den Direktoren und Abteilungsleitern. Sie grüßen mich, aber ich sehe genau, wie verächtlich sie mich mustern, weil ich ein weißes Polohemd und eine Schürze trage – das ist meine Uniform als Fischlehrling –, während sie selbst in schicken Anzügen herumlaufen, wie es Führungskräfte eben tun. Monsieur Giordino sagt, dass man die Vorgesetzten stets anlächeln soll. Ich grüße sie alle betont herzlich. Manche von ihnen halten mich, das glaube ich zumindest, irgendwie für einen Idioten, aber das ist mir gerade recht, denn so lassen sie mich wenigstens in Ruhe. Außerdem lache ich mir im Sommer schön ins Fäustchen, wenn sie wie dicke Schweine in ihren zu engen Anzügen schwitzen.

In der Kantine läuft Musik aus dem Radio. Es gibt eine Kaffeekapselmaschine, an der der Becher einen Franken kostet. Von der Kantine kann man aufs Dach des Kaufhauses hinausgehen, wo sich eine Terrasse für die Angestellten befindet. Die Kantine selbst ist zweigeteilt. Es gibt einen Bereich für Raucher und einen für Nichtraucher. Getrennt sind sie durch eine Schiebetür. Ich bleibe immer im Raucherbereich, da stinkt es zwar, aber alle sind dort. Wenn man schon Kaffee trinkt, der nicht gut schmeckt, dann braucht man ihn hier wenigstens nicht allein zu trinken.

Wenn ich in die Kantine komme, sind dort oft schon Mike aus der Backwarenabteilung oder Natascha vom Käse, die etwas trinken oder ihre übliche Zigarette rauchen. Sie begrüßen mich mit »Hi, Charlie!«, ich nicke ihnen zu und setze mich dann zu ihnen. Wenn Natascha da ist, werde ich ziemlich rot, weil sie so unglaublich hübsch ist. Zu hübsch für einen Kerl wie mich, der mit vierundzwanzig Jahren noch kein einziges Liebesabenteuer hatte, aber das, das sage ich niemandem. Sie erzählt mir immer ihre Männergeschichten, und ich höre ihr gern zu, wenn sie sich über ihren Freund beschwert, der jedes Mal einen anderen Namen hat, aber stets die gleichen Fehler macht. Anschließend beteuert sie immer: »Charlie, du bist echt in Ordnung« oder »Du kannst wenigstens zuhören«. Und sie versichert mir auch: »Eines Tages wirst du ein Mädchen sehr glücklich machen.«

Ich weiß nicht, ob ich gut zuhören kann, aber das haben schon viele gesagt. Wenn es wirklich so ist, dann vielleicht deshalb, weil ich nicht gut reden kann. Vielleicht sind Mängel wirklich zu etwas nutze. Monsieur Giordino sagt das jedenfalls immer. Er sagt, dass niemand vollkommen ist und dass das auch gut so ist, weil die Welt sonst ganz schön eintönig wäre. Mike von den Backwaren geht mir manchmal echt auf die Nerven, weil er sich über alles und jeden lustig macht. Er nennt mich einen »Autisten« und haut mir dabei auf den Rücken. Das ist nicht gerade sehr einfühlsam von ihm, aber ich weiß, dass es seine Art ist, freundlich zu sein. Er kann seine Gefühle nicht gut zeigen, also kümmere ich mich nicht weiter darum. Außerdem hat man mir immer eingetrichtert, dass jemand von meinem Kaliber besser keinen Streit sucht. Wie damals auf dem Hof des Waisenhauses. Das hätte mir eine Lehre sein sollen. Das haben sie zumindest gesagt. Ich weiß nur immer noch nicht, welche.

Claudine, die Frau von den Fleisch- und Wurstwaren, mag ich gern. Einmal war ich gerade dabei, fünfzig Portionen Räucherlachs unter Zellophan zu versiegeln, wobei man gut aufpassen muss, dass man sich nicht verbrennt. Claudine war derweil damit beschäftigt, an der anderen Maschine Stopfleber unter Vakuum zu verpacken. Das ist die Maschine, die so viel Lärm macht und beinahe so wirkt, als würde sie atmen. Sie holt erst tief Luft, und wenn sie damit fertig ist, stößt sie einen lauten Seufzer aus, und ta-da! Schon ist alles dicht. Man braucht nur noch den Deckel hochzuheben. Und während Claudine eingezwängt zwischen den beiden Maschinen ihre Arbeit tat, sagte sie zu mir: »Ich schwöre dir, mein lieber Charlie, dass mich diese ganze Stopfleber anekelt. Wenn es nach mir ginge, dann würde ich nicht mehr hier arbeiten, aber was soll man machen? Man muss schließlich von irgendetwas leben, nicht wahr? Und an die Kinder denken.« Und dann fügte sie noch hinzu: »Aber es ist doch schon verrückt, wenn man bedenkt, dass meine Kinder zu essen haben, weil man all diesen Enten ihre Leber herausreißt, damit alte Zimtzicken ihren Salat fürs Weihnachtsessen damit verfeinern.«

Da wusste ich nicht recht, was ich antworten sollte. Es stimmt schon, dass alles nicht so leicht zu verstehen ist. Wenn die ganzen nicht verkauften Lebensmittel in den Müll wandern, darf man trotzdem nichts mitnehmen, das ist verboten. Weil der Chef von Monsieur Giordino sagt, dass das Diebstahl ist. So steht es auch in den Betriebsregeln, in Artikel sieben, das habe ich überprüft: »Diebstahl von Abfall«. Man riskiert ein deftiges Bußgeld oder sogar noch Schlimmeres. Also wandert alles in den Abfall, und manchmal muss auch ich in die »Nullte« hinunterfahren. So nennen wir die Abfallabteilung des Kaufhauses, weil sie sich in der nullten Etage befindet. Man sagt »Ich gehe in die Nullte«, und das bedeutet dann, dass man Abfall wegbringt. Ich gehe nicht gern in die Nullte hinunter, vor allem nicht, wenn ich mit Fischabfällen dorthin muss. Der Speiserestekühlraum, der sich gleich links vom Aufzug befindet, ist ungefähr so groß wie mein Zimmer. Ich muss die Edelstahlwanne auf den Boden stellen, die große Tür öffnen, und dann schwappt einem der Geruch auch schon entgegen. Ganz hinten in dem Speiserestekühlraum steht ein riesiger Container mit Blut und Eingeweiden darin. Dort kippe ich die Fischstücke hinein, und sie landen auf gefüllten Wachteln und marinierten Steaks. Dann verlasse ich den Raum so schnell wie möglich und schließe die Tür hinter mir gut zu. Manchmal stelle ich mir vor, dass der Container wie ein riesiges Tier ist, das alles verschlingt. Der Container hat immer Hunger.

Monsieur Giordino gibt mir immer etwas zu tun, weil man, wie er sagt, nicht dafür da ist, um Löcher in die Luft zu starren. Außerdem sind wir sowieso häufig überlastet. Man könnte beinahe glauben, dass die Kunden sich heimlich absprechen. Eine halbe Stunde lang ist niemand in der Abteilung zu sehen, man fängt beinahe schon an sich zu langweilen, und dann plötzlich kommen sie alle auf einmal, und man weiß nicht mehr, wo einem der Kopf steht.

Monsieur Giordino sagt, dass das der Schmetterlingseffekt ist, dann habe ich ihm geantwortet: »Eher der Kabeljaueffekt«, und darüber musste er lachen – dabei stimmt es in gewisser Weise sogar, denn den Kabeljau gibt es oft zum halben Preis.

Ich bringe Monsieur Giordino gern zum Lachen.

An manchen Tagen ist auch Juju in unserer Abteilung, der ist Lehrling hier, ich meine, Lehrling in dem Kaufhaus. Er wechselt die Abteilungen in regelmäßigen Abständen. Er ist ungefähr doppelt so groß wie ich, aber trotzdem nett. Er arbeitet schon länger hier als ich, und als er anfing, war er noch gar nicht erwachsen. Deshalb sprechen ihn alle mit diesem Kosenamen an. Ich weiß nicht einmal genau, ob sein wirklicher Vorname Jules oder doch vielleicht Julien ist. Auf jeden Fall macht Juju immer auf superschlau, weil er angeblich alles besser kann als ich. Angela behauptet allerdings, dass er ein bisschen ungeschickt ist, sie nennt ihn einen Tollpatsch. Mein Lieblingstag ist der Samstag, denn mit ihm ist die Woche zu Ende. Wie sagt Juju immer so schön auf meine Frage, wie es ihm gehe: »Heute Abend geht es besser.« Außerdem mag ich den Samstag, weil an diesem Tag auch Natascha arbeitet. Und im Kaufhaus sind die Abteilungen Fisch und Käse direkt nebeneinander, so kann ich die ganze Zeit zu ihr hinüberschauen. Wenn sie Käse schneidet, wirkt sie dabei immer ganz ruhig und auch ein wenig traurig, selbst wenn sie lächelt. Sie ist bei allem sehr geschickt. Ich schaue gern zu, wie ihre Hände über die Käserinden gleiten und dreieckige Käsestücke sorgfältig in beschichtete Papiere wickeln. Manchmal wirft sie mir ein Lächeln zu, dann wende ich rasch meinen Blick ab und werde rot, weil, nun ja, sie soll natürlich nicht denken, dass …

Monsieur Giordino hat es bemerkt, glaube ich. Manchmal macht er sich über mich lustig. Er ist nicht böse, Monsieur Giordino, auch er würde keiner Fliege etwas zuleide tun – trotz seiner Statur, die so bullig ist wie die eines Rausschmeißers. Das Einzige, was er rausschmeißt, sind die Kisten mit den nicht verkauften Fischen, wenn das Haltbarkeitsdatum abgelaufen ist.

Monsieur Giordino sagt, dass wir keine Kollegen, sondern ein Team sind. Ich glaube, das kommt daher, dass er total fußballbegeistert ist. Er verfolgt alle Spiele, und ich staune immer Bauklötze, wie genau er Bescheid weiß. Am Tag nach einem wichtigen Spiel fragt er mich: »Hast du das gesehen? Drei zu eins, einfach verrückt.« Er hat alle Ergebnisse im Kopf und alle Spielernamen auch. Im Vergleich zu ihm habe ich das Gedächtnis eines Goldfisches.

Manchmal, wenn ich mich langweile, schaue ich die Kunden an, die vorübergehen, und stelle mir vor, welches Tier sie abgeben würden. Wie jener Herr mit dem Walrossschädel oder aber die Dame mit dem Kopf einer Langustine. Das Lustigste war, dass sie gar keine Krustentiere verlangt hat. Die Krustentiere sind mir beim Aufräumen abends am liebsten, weil man sie einfach in Plastiktüten packt. Man nimmt, so viele man kann, auf einmal mit den Händen und steckt sie hinein. Am lustigsten sind allerdings die Sepien, Kalmare oder Kraken. Einmal hatten wir einen riesigen Kraken: Er war sehr schwer, und sein Kopf war doppelt so groß wie meine Faust. Ich habe mich immer gefragt, warum man so etwas »Meeresfrüchte« nennt, denn, ganz ehrlich, was haben eine Aprikose und ein Tintenfisch gemeinsam?

Am Ende des Arbeitstages sage ich zu Monsieur Giordino, dass das häufigste Lebewesen zwischen der Fischabteilung, den Fleischwaren und dem sonstigen Getier, das in allen anderen Abteilungen verpackt herumliegt, der Kunde ist.

Es ist Schwertfisch-Woche. Wir haben zwei prächtige Schwertfische hereinbekommen, und die Kunden können nicht anders, als stehen zu bleiben und zu staunen. »Oh, wie schön« oder »Oh, wie riesig« oder aber »Oh, wie eklig«. Und wir sagen dann: »Ja, ja«, und nicken zustimmend. Immer wenn wir gefragt werden, wiederholen wir, ja, sie sind aus Italien. Es steht zwar auf dem Schild, aber die Kunden denken, dass wir mehr wissen als das Schild oder vielleicht auch dass das Schild lügt. Es ist gar nicht so leicht, Scheiben von dem Schwertfisch abzuschneiden. Wegen des Knochens in der Mitte. Das ist die Wirbelsäule, und die muss man mit dem großen Messer, das aussieht wie eine Säge, durchtrennen. Meistens macht Angela das, weil sie es schafft, sehr dünne und gleichmäßige Scheiben abzuschneiden, während meine Scheiben beim ersten Mal ganz krumm und schief waren, an der einen Seite viel zu dünn und an der anderen viel zu dick. Die Scheiben legen wir dann auf Plastikfolien und drapieren sie hübsch auf dem Eis in der Vitrine, wie wir es mit allen Filets machen, damit die Fischstücke nicht verderben.

Daneben thronen die beiden Schwertfische. Sie nehmen ein ganzes Eisbett für sich allein in Anspruch. Die Kinder wollen das Schwert am Kopf des Schwertfisches anfassen, also hebe ich ihn etwas an, den größeren von beiden, und werde über und über rot, wenn ich sie auffordere aufzupassen, da es tatsächlich spitz ist. Ich sage zu ihnen: »Fertig zum Entern, Schiffsjungen!« und tue so, als würde ich sie mit dem Schwert angreifen. Manchmal erfinde ich dann sogar Geschichten für sie. Da war zum Beispiel dieser kleine Junge, dem ich erzählt habe, dass ich ihn selbst gefischt hätte, dass ich auf dem Grund des Meeres mit ihm gekämpft hätte, und der Kleine staunte mich schwer beeindruckt an. Das kommt mir immer komisch vor, weil sie mich wie einen Erwachsenen betrachten. Ich selbst vergesse oft, dass ich mittlerweile ein Erwachsener bin. Schade, dass die Kinder keine dicken Geldbeutel haben. Mit ihnen würde ich sicher mehr Umsatz machen als mit ihren Eltern.

Am Montag hat eine Kundin mit ihrem Smartphone Fotos von dem Schwertfisch gemacht. Ich musste sie auffordern, sie wieder zu löschen, weil Fotos im Kaufhaus verboten sind. Schnippisch hat sie mich angefahren: »Was soll das denn? Haben Sie etwa Angst, dass das die Farbe ausbleicht?« Und dann zog sie total beleidigt von dannen. Am Mittwoch hatte ich allmählich den Dreh raus, und es gelang mir, einigermaßen wohlgeformte Scheiben abzuschneiden. Ich war zufrieden. Ich hatte sogar einen gewissen Gefallen daran gefunden. Es ist lustig, den Schwertfisch zu schneiden, wenn man weiß, wie es geht, lustiger jedenfalls, als Fisch an der Maschine unter einer Zellophanfolie einzuschweißen. Und am Freitag, da kam dann die Chinesin.

Schon als sie in der Abteilung auftauchte, wurde ich etwas nervös, weil die Chinesen, soweit meine kärgliche Erfahrung reicht, oft sehr unorthodoxe Wünsche hegen. Und ich hatte mich nicht getäuscht: Die Verrückte wollte den Kopf des Schwertfisches kaufen! Mir wäre nicht einmal im Traum eingefallen, dass man den Kopf dieser Tiere tatsächlich verkaufen könnte, und so erwischte sie mich wirklich eiskalt. Vollkommen panisch bat ich die Frau, einen Augenblick zu warten, da ich meinen Chef fragen müsse. Wie immer passieren solche Dinge natürlich, wenn ich ganz allein in der Abteilung bin. Also griff ich zum Telefon der Fischabteilung und rief Monsieur Giordino an. Ich erklärte ihm die Situation. Er sagte mir, ich solle den Kopf verkaufen, und zwar zum Preis von sieben Lachsköpfen. Dabei sprach er auch noch mit chinesischem Akzent, denn er macht gern Witze, auch wenn gerade nicht der richtige Zeitpunkt dafür ist. Lachsköpfe habe ich tatsächlich bereits an eine andere Chinesin verkauft, die daraus eine Fischsuppe zubereiten wollte. Aber so viel steht fest: Man braucht einen riesigen Kochtopf, um aus dem Kopf dieses Schwertfisches eine Suppe zu kochen. Nun gut, ich kehre zu der Chinesin zurück, die vor Ungeduld schon ganz zapplig ist: »Ja, ja, ich nehme ihn, ich nehme den Kopf des Swet-fiches.« Ich sage, dass es in Ordnung ist, obwohl ich es nur halb in Ordnung finde. Ich packe das große Tier, das wirklich schwer ist, und trage es zur Arbeitsfläche. Mit der Säge in der Hand halte ich einen kurzen Augenblick inne und zögere. Wo soll ich beginnen? Ich improvisiere. Einem Schwertfisch den Kopf abzuschneiden ist doch etwas ganz anderes als einem Lachs. Aber trotzdem versuche ich es mit der gleichen Methode. Ich sage mir, dass es einfach nur ein sehr großer Lachs ist, setze die Säge an und beginne mit einem energischen Hieb, den Kopf direkt bei den Backen, hinter den Kiemen abzutrennen. Die Wirbelsäule ist an dieser Stelle wirklich dick, und mir wird klar, dass ich obendrein zuerst die Flossen der Länge nach absägen muss. Einmal abgetrennt, werfe ich sie in die Edelstahlwanne. Der Kopf ist schon halb abgeschnitten, und es ist überall Blut, also benutze ich den Wasserstrahl, um alles ein wenig zu säubern, dann bringe ich die Sache zu Ende. Puh! Ich bin stolz, es scheint mir gar nicht so schlecht gelungen zu sein: Hier ist er, der Kopf, und zwar in einem Stück. Jetzt frage ich die Chinesin, ob sie auch das Schwert haben will. Warum habe ich diese Frage bloß gestellt? Ich sitze ganz schön in der Patsche, wenn sie Ja sagt und ich das Ding einpacken muss. Und natürlich antwortet sie, ja, sie will auch das Schwert. Kann gut sein, dass das aus Sicherheitsgründen gar nicht erlaubt ist, was mag die Chinesin letztlich auch damit anstellen wollen? Vielleicht geht es diesmal gar nicht um eine Suppe, also erwäge ich, den Chef noch einmal anzurufen, aber ich werde ihn doch nicht zweimal während seiner Pause stören! Was soll's. Ich verharre einen Augenblick vor dem Kopf des Schwertfisches, dann hole ich eine große Plastiktüte, eine von den allergrößten, die wir für die Weihnachtsbestellungen vorrätig haben, und packe den Schwertfischkopf hinein. Ich frage, ob es so geht. Und ich lächele erleichtert, als sie antwortet: »Ja, ja.« Fehlte nur noch, dass sie mich darum bittet, ihn in Stücke zu schneiden.

Zum Schluss stelle ich die Tüte auf die Waage, drücke auf der Tastatur den Knopf »Lachskopf« und tippe »×7« ein. Und in diesem Augenblick sieht die chinesische Dame auf das Display, auf dem der Preis erscheint, und sie sagt zu mir: »O nein, das ist viel zu teuer.« Mit diesen Worten rauscht sie davon. Sie lässt mich wie einen Idioten stehen, mit meinem Schwertfischkopf in meiner Plastiktüte und den übrigen Kunden, die warten. Ich hätte ihr ins Gesicht spucken können.

Aber das würden die Hygienebeauftragten sicher nicht sonderlich lustig finden.

Wenn ich den Schwertfisch in dieser Woche abends in den Kühlraum zurückbrachte, sah ich ihm fest in seine glasigen Augen, erst in das eine, dann in das andere, denn es ist nicht leicht, in beide gleichzeitig zu sehen, und fragte ihn dann wie in dem Film, den ich neulich im Fernsehen gesehen habe: »Bist du zufrieden, dass du der Schwarm all dieser Frauen bist?«, aber er machte nicht den Eindruck, als würde er das verstehen. Er starrte mich weiterhin mit dem gleichen glasigen Blick an. Ein Schwertfischauge ist ganz schön riesig. Einmal habe ich aus purer Neugierde versucht, meinen Finger hineinzustecken. Es war, wie ich vermutet hatte – ziemlich klebrig. Ich darf so etwas eigentlich nicht tun, aber ich konnte nicht anders. Es ist eine Art Wissensdurst, so wie bei jenen Wissenschaftlern, die irgendwelche Klone herstellen und behaupten, sie könnten nicht davon lassen. Oder wie ich, als ich klein war und in der Kantine etwas zu essen klaute, obwohl mich Madame Clothilde und Monsieur Victor bereits einmal erwischt hatten.

Das sagte ich dem Schwertfisch, und ich fragte ihn, ob

er vielleicht sogar ein Papa oder eine Mama war und seinen kleinen Schwertfisch zurückgelassen hat, und all das nur, damit hier, in diesem Land, wo es kein Meer gibt, ein paar reiche Leute sich ihr geliebtes Fischfilet in der Pfanne braten können, mit nichts weiter als ein wenig Salz, ein wenig Olivenöl und einem Hauch Zitrone – hmmm, das schmeckt köstlich. Auch wenn er noch so sehr entzweigeschnitten ist und sein Hinterteil in der Kühlbox senkrecht hochsteht, mir kommt es so vor, als ob der Schwertfisch mich in gewisser Weise besser versteht als manche Menschen. Vielleicht haben die alten Leute, die mit ihren Hündchen durch das Kaufhaus spazieren, das gleiche Gefühl. Sie reden mit ihnen in einer albernen Kinderstimme, weil ihre Kinder schon aus dem Haus sind oder sie nie welche hatten.

Als ich am Tag darauf in die »Nullte« hinuntergegangen bin, bin ich dort einem neuen Angestellten begegnet: Er heißt Émile. Es ist immer ein Ereignis, wenn es einen neuen Angestellten gibt. Auf den Fluren wird dann getuschelt, das Kaufhaus gerät kurzzeitig ein wenig in Aufruhr, denn schließlich ist das die Attraktion des Tages, aber bei ihm ist es nicht so, er scheint allen irgendwie gleichgültig zu sein. Er arbeitet allerdings auch auf der nullten Etage, und dort, in der Nullten, begegnet er nicht gerade vielen Leuten. Die Leute gehen dorthin, aber sie halten sich dort nicht länger auf. Aber ich, ich habe mich vorgestellt. Ich weiß nicht, warum, aber als ich ihn gesehen habe, hat er mich gleich beeindruckt, obwohl er doch nur seine schwarze Montur trug und Müllsäcke in der Hand hatte. Er ist groß und schmal, er hat schwarze Haare und dunkelblaue Augen. Ich habe zu ihm gesagt: »Guten Tag, ich heiße Charlie.« Ich habe ihm die Hand hingestreckt, und er hat seinen wattierten Handschuh ausgezogen, um meine Hand zu schütteln, und dann hat er mir seinen Namen genannt. Er wirkte nicht sehr gesprächig, also wollte ich die Unterhaltung etwas in Gang bringen, und da mir nicht so recht etwas einfiel, habe ich über das gesprochen, was ich gerade in der Hand hielt. Ich sagte, dass wir in der Fischabteilung gerade die Schwertfisch-Woche haben, und wies auf meine Edelstahlwanne voller Blut und alter Knochen.

Er sah mich an und nickte. Ich kam mir ziemlich bescheuert vor, als ich den Speiseresteкühlraum öffnete. Er sah mich die ganze Zeit über an und lächelte dabei, und als ich wieder in den Aufzug stieg, nickte er mir zum Abschied zu, während er weiterhin seine Säcke vom Rollwagen in die großen grauen Container beförderte.

In dem Speiseresteкühlraum riecht es so abscheulich, dass mir einmal eine Idee gekommen ist: Wenn ich in der Pause keine Zeit habe zu essen, denke ich an den Geruch des Speiseresteкühlraums, und mir vergeht auf der Stelle der Appetit.

Am Samstagvormittag während der Pause begegnet mir Émile erneut. Er hat sich einen Kaffee geholt und ist dann auf die Terrasse hinausgegangen, um ein Buch zu lesen, ganz allein. Es ist kalt, weil schon Oktober ist, und die übrigen Angestellten des Kaufhauses bleiben alle lieber drinnen. Da ist die Frau von den Parfums, die so stinken, Claudine von den Wurstwaren und Mike, der Bäcker. Auch Sophie vom Kundenservice ist da, sie ist immer sehr freundlich zu mir. Sie grüßt mich mit einem herzlichen Lächeln und erinnert sich jedes Mal an meinen Namen.

Im Grunde erinnert sie sich jedoch an die Namen aller Angestellten, sie hat ein bewundernswertes Gedächtnis. Sie sagt, das sei ihr Job, aber trotzdem, niemand würde sich solche Mühe geben wie sie. Jedenfalls schenken sie alle ihm keine besondere Beachtung, Émile, meine ich. Übrigens muss man wissen: Das Einzige, was hier normalerweise gelesen wird, sind Zeitungen, und zwar solche, die es umsonst gibt, und dort auch nur die Sportseite oder die mit den Knobelaufgaben.

Ich lasse mich nicht so oft auf Gespräche mit den anderen Angestellten ein, weil ich nie so recht weiß, was ich sagen soll. Bevor man irgendetwas Dummes sagt, ist es manchmal besser, den Mund zu halten. Ich höre den Leuten gerne zu, wenn sie mit mir reden wollen, oder auch, wenn sie untereinander reden. Ich höre den anderen Angestellten zu, auch wenn ich sie überhaupt nicht kenne. Mit einem Ohr folge ich ihren Gesprächen, während ich so tue, als würde ich mich auf etwas anderes konzentrieren.

Aber heute spricht niemand, sie überfliegen die Zeitung oder hören Musik mit ihren tief in den Ohren steckenden Stöpseln. Und da ich dem Zigarettenrauch, vermischt mit dem Vanilleparfum der Tussi aus der ersten Etage mit ihren Cocos und Chanels, gerne entfliehen will, gehe ich auch auf die Terrasse hinaus. Ich bin ja schließlich kein verfrorenes Zuckerpüppchen. Und deshalb begrüße ich ihn, Émile, meine ich, und da ich das Gefühl habe, als müsste ich noch etwas hinzufügen, mir aber nichts Rechtes einfällt, frage ich ihn, was er liest.

»Das ist ein libanesischer Dichter.«

Wie abgefahren, Gedichte zu lesen. Ich wusste gar

nicht, dass es da, im Libanon, Dichter gibt. Ich frage ihn, ob das Buch gut ist, er antwortet nicht. Ich will mich schon umdrehen und zurück in die Kantine gehen, da fragt er mich:

»Liest du gern, Charlie?«

Ich freue mich, dass er sich an meinen Namen erinnert. Ich antworte ihm, dass ich das im Grunde gar nicht so recht weiß. Ich lese nicht viel, auch wenn ich Comics gerne mag, vor allem die mit Superhelden wie Batman, Superman, The Flash oder natürlich Spiderman. Spiderman finde ich echt toll, bald kommt übrigens ein neuer Film ins Kino.

»Ja, ich habe die Plakate gesehen.«

Ich frage ihn, ob er sie auch mag, diese Bücher mit den Superhelden. Er zögert:

»Um ehrlich zu sein … nicht besonders.«

Darauf erkläre ich ihm, dass man diese Bücher nicht so wörtlich nehmen darf. Ich glaube nämlich, die Superhelden haben viel mehr mit uns zu tun, als wir annehmen. Also ich, ich finde Spiderman echt toll, weil ich, wenn ich Spiderman anschaue, das Gefühl habe, ich wäre selbst Peter Parker. Émile lächelt mich an und sagt nichts. Er beugt seinen Kopf über sein Buch, dann sieht er wieder hoch:

»Weißt du, vielleicht bist du es wirklich, Charlie.«

Ich bin ein wenig enttäuscht, dass er sich über mich lustig macht. Aber er redet weiter:

»Ich muss jetzt wieder an die Arbeit. Komm nach Feierabend bei mir in der Nullten vorbei. Dann zeige ich dir was.«

Wortlos sehe ich zu, wie er sein Buch behutsam schließt und die Kantine verlässt.

Am Nachmittag hat uns Mike nicht verkaufte süße Teilchen vorbeigebracht: Brownies, Zitronentörtchen, Macarons, Schokoladen-Eclairs. Einfach superlecker, aber wir mussten sie sehr schnell und heimlich essen, damit die Kunden es nicht sehen, denn es ist unhöflich, jemanden mit vollem Mund zu bedienen. Manchmal hat Natascha auch Käsehäppchen für uns. Neulich hat sie uns eine Kostprobe Büffelmozzarella gebracht, einen Rest, der von einer Verkostung übrig war. Auch der war umwerfend gut, mit ein bisschen Serrano-Schinken, hmmm. Es ist toll, so etwas zu essen, weil ich mir so etwas von meinem Lohn niemals kaufen könnte.

Aber heute ist Natascha nicht da, sondern nur ihr Chef, der sich um den Käse und die Wurstwaren kümmert. Ich mag ihn gern, auch wenn er mir am Anfang mit seiner ganzen Art Angst eingejagt hat. Er heißt Léon, und wie immer wusste ich anfangs nicht, ob ich ihn duzen oder siezen soll, aber da er mich irgendwann geduzt hat, habe ich das auch getan. Das scheint ihn nicht zu stören, Gott sei Dank. Er gibt allen irgendwelche Spitznamen. Mich nennt er immer »Monsieur Fisch«, weil mein Familienname Fischer ist und er das lustig findet. Heute Nachmittag hat er zu mir gesagt: »Wie steht's? Gehen wir am Wochenende fischen, Monsieur Fisch?« Und ich habe ihm geantwortet, dass ich nicht fischen gehen werde. Als ich klein war, bin ich mit Monsieur Victor hinaus zu den Teichen fischen gegangen. Der war im Waisenhaus Hausmeister, aber für mich war er noch weit mehr als das.

Monsieur Victor war ein alter Herr mit einem großen Schnurrbart und Haaren, die in alle Himmelsrichtungen abstanden. Er hatte einen dicken Bauch und trug

Hosenträger. Er sah total witzig aus, beinahe so, als wäre er einem alten Schwarz-Weiß-Film entsprungen. Ich mochte Monsieur Victor umso mehr, als es im Waisenhaus sonst nur Frauen gab. Von Madame Thérèse, der Leiterin, bis zu Madame Clothilde, der Kantinenchefin – nur Frauen. Sie waren nett, wenn auch manchmal ein wenig herrisch, und da machte es mir unglaublich Spaß, mit Monsieur Victor und den anderen Kindern an die Teiche fischen zu gehen.

Allerdings hatte ich im Waisenhaus nicht gerade viele Freunde. Ich spazierte oft auf dem Hof herum und redete mit den Bäumen. Ich hatte einen Lieblingsbaum, eine große Trauerweide. Ich setzte mich oft ganz dicht an den Stamm, dort fühlte ich mich geborgen, in Sicherheit. Wohlige Schauer erfassten mich dann. Manchmal wäre ich am liebsten gar nicht mehr weiter gewachsen.

Als ich einmal sehr wütend war und aus dem Waisenhaus davongelaufen bin, war es auch Monsieur Victor, der mich gefunden hat. Er hat mir eine alte Holzdose geschenkt, die so groß wie ein Schuhkarton war. Er hat mir gesagt, dass er seinen Vater verloren hat, als er so alt war wie ich damals, und dass es ihm am meisten gefehlt hat, nicht mehr mit seinem Vater sprechen zu können. Seine Mutter hat ihm dann diese Dose geschenkt und gesagt, er soll ihr seine Geheimnisse einfach anvertrauen. Die Dose würde sie für sich behalten. Er schenkte sie mir, und ich, ich habe Sand hineingefüllt. Als er wissen wollte, warum, habe ich ihm erklärt, das wäre ein wenig wie die Asche meiner Eltern, die ich niemals gekannt habe.

Den ganzen Tag über muss ich immer wieder daran denken, was Émile zu mir gesagt hat. Ich frage mich, was er mir wohl zeigen will. Ich war so zerstreut, dass ich einer Kundin Scholle und nicht Seezunge gegeben habe, aber was soll's, ich glaube, sie hat nichts gemerkt, und das Kaufhaus spart durch das Versehen sogar noch. Mir gehen so verrückte Ideen durch den Kopf, wie dass Émile mir vielleicht enthüllen wird, dass ich über geheime Superkräfte verfüge wie in den Filmen.

Als der Feierabend näher rückt, bin ich wirklich aufgeregt, und Monsieur Giordino bemerkt das auch. Er fragt mich, ob ich ein Rendezvous habe, da ich heute so schnell arbeite. Da werde ich rot und antworte, dass ich doch immer schnell arbeite, oder etwa nicht? Aber es stimmt schon, dass wir oft die letzte Abteilung sind, die mit dem Aufräumen fertig ist. Samstags geht es schneller, weil es am letzten Tag der Woche grundsätzlich weniger Ware gibt. An manchen Tagen, vor allem wenn ich allein aufräumen muss, brauche ich eine Ewigkeit. Bei den Backwaren zieht es sich auch ganz schön, meist sind wir die beiden letzten Abteilungen, die das Haus verlassen. Jeden Abend werfen sie dort alle nicht verkauften Brote in große Hundertzehn-Liter-Müllsäcke. Normalerweise füllen sie fünf oder sechs Säcke. In der nullten Etage gibt es einen Container, der ausschließlich für Backwaren bestimmt ist.

Heute muss ich alle Garnelen und Rotbarben wegwerfen. Einfach nur deshalb, weil sie nicht bis Montag haltbar sind und wir sonntags geschlossen haben. Dabei gibt's bei mir zu Hause heute Abend Nudeln mit Tomatensoße... Alles kommt in eine große Wanne, obendrauf noch die Reste von der Wurst und dem Geflügel und natürlich die Eingeweide der Fische aus dem Abfalleimer unter der Arbeitsfläche, der auch geleert werden muss. Anschließend räume ich die Abteilung auf. Dabei darf nichts vergessen werden, vor allem nicht die Eismaschinen, die ausgeschaltet werden müssen, damit man nicht irgendwann mit Bergen von Eis dasteht. Selbst im Winter wäre es nicht gut, überall auf dem Boden eines Kaufhauses Schnee vorzufinden. Wir packen alle Lebensmittel in große Kühlboxen, die wir auf einem Rollwagen übereinanderstapeln. Wir geben Eis in die Boxen und benutzen plastikbeschichtetes Papier, um die verschiedenen Fischsorten voneinander zu trennen: Unten lagern wir die ganzen Fische, die schwersten auf dem Boden, obendrauf kommen dann die Filetstücke. Das Ganze verfrachten wir in den Kühlraum für Fische ganz hinten, hinter den Kulissen des Kaufhauses, wobei, ganz wichtig, jeden Morgen und jeden Abend die Temperatur kontrolliert wird, um sicher zu sein, dass alles in Ordnung ist. Heute Abend ist alles in Ordnung, die Temperatur liegt bei zwei Komma sieben Grad, das ist im vorgeschriebenen Bereich.

Dann frage ich Monsieur Giordino, ob ich gehen kann, und er sagt Ja. Ein breites Grinsen liegt auf seinen Lippen, weil wir heute Abend guten Umsatz gemacht haben, und das macht ihn immer sehr glücklich. Mir persönlich ist es gleich, ob wir Umsatz machen oder nicht, aber da Monsieur Giordino dann so gut gelaunt ist, finde ich es auch gut, wenn wir Umsatz machen. Guten Umsatz machen, das bedeutet, mehr Geld einnehmen als am gleichen Tag des Vorjahres. Ziel ist es, dass das Kaufhaus jedes Jahr noch mehr Gewinn abwirft. Monsieur Giordino sagt, dass man das Wirtschaftswachstum nennt.

Ich gehe ausstempeln. Das heißt, dass ich meinen elektronischen Ausweis vor das dafür vorgesehene Gerät halte, um dem Kaufhaus zu bestätigen, dass mein Arbeitstag nun zu Ende ist. Dann ziehe ich meine Schürze aus, schnappe mir die große Wanne mit den Abfällen und husche in den Aufzug, um hinunter in die Nullte zu fahren. Ganz hinten sitzt Émile und liest ein Buch. Kaum zu glauben, aber auch hier liest er! Ich trete näher und sehe, dass es jetzt ein anderes Buch ist, ein Roman vermute ich, aber auch hier kenne ich mich nicht aus. Ich lese den Titel: *Die unerträgliche Leichtigkeit des Seins*. Das hört sich kompliziert an. Irgendwie komisch, dass er etwas über Leichtigkeit liest, während ich diese riesige Wanne vor mir hertrage, die ungefähr eine Tonne wiegt. Das sage ich ihm, als ich ihn grüße, und er lacht. Dann entsorge ich die Abfälle im Speiseresteкühlraum.

Als ich wieder herauskomme, fällt mir auf, dass im hinteren Teil der nullten Etage viele Bücher zu Stapeln aufgeschichtet sind. Ich frage ihn, ob die alle ihm gehören, und er antwortet mir, das kann man so oder so sehen, auf jeden

Fall nicht alle. Manche Bücher sind Mängelexemplare. Sie haben Eselsohren oder sind eingerissen, es sind also Bücher, die man im Kaufhaus nicht mehr verkaufen kann und die eigentlich in den Müll wandern müssten. Er tut sich jedoch schwer damit, sie wegzuwerfen, behält sie lieber, hortet sie und liest sie dann irgendwann. Ich denke, dass ihn das unheimlich viel Zeit kostet, dass das aber andererseits auch eine gute Idee ist. Vielleicht sollte ich mir auch irgendetwas einfallen lassen, um die verdorbenen Fische wiederzuverwerten, sage ich zu ihm, aber ein Buch hat keine Schuppen. Einen Augenblick verharrt er nachdenklich, dann schlägt er mir vor, mich zu ihm an den kleinen Tisch an der Wand zu setzen, an dem er über sein Buch gebeugt gelesen hat. Ich tue, wie mir gesagt. Ich setze mich und frage ihn, was er mir nun eigentlich zeigen wollte.

»Nun, genau das. Diesen Berg von Büchern, den das Kaufhaus wegwirft. Ich habe mir gedacht, dass du vielleicht Lust hast, das eine oder andere zu lesen.«

Ich bin aber nun wirklich alles andere als ein großer Leser. Die Lichter in der nullten Etage gehen aus. Jetzt ist der Zeitpunkt, an dem das gesamte Gebäude geschlossen wird, vorüber. Das hat irgendwie etwas Magisches und Beängstigendes zugleich.

»O Scheiße, stimmt ja, es ist schon so spät ...«, sagt er. »Warte, ich mach das.«

Unmittelbar vor ihm geht ein Licht an und erhellt sein Gesicht. Er reicht mir eine zweite Taschenlampe, die ich ebenfalls anschalte. Er hat an alles gedacht.

»Ja, ich bleibe fast jeden Abend hier, da muss ich mich entsprechend ausstatten.«

Hier?

»Ja.«

In der nullten Etage?

»Ja.«

Jetzt staune ich nicht schlecht, deshalb hake ich nach, weil ich wissen will, was er den ganzen Abend hier unten macht.

»Manchmal bleibe ich auch die ganze Nacht hier. Ich lese. Ich mache mir Notizen. Hier ist es so ruhig, niemand stört mich. Und außerdem ist es auch noch praktisch, am nächsten Morgen.«

Aber schläft er denn überhaupt nie?

»Doch, in der Pause oder in manchen Nächten ein paar Stunden. Ich mag die Nacht. Ich bin ein Nachttier, verstehst du? Ein wenig wie … wie heißt er noch mal, der Superheld, der sich als Fledermaus verkleidet?«

Batman?

»Ja, genau, ein wenig wie Batman.«

Jetzt lacht er, und die Situation ist auch zu komisch – wir beide hier unten in der nullten Etage mit unseren Taschenlampen und reden über Superhelden. Aber ich bleibe trotzdem ganz ernst, weil ich darüber nachdenke, was er gesagt hat, und im Grunde stimmt es auch, das mit dem Superhelden. Ich meine, in gewisser Weise ist er ein wenig wie der schwarze Ritter, mit seiner geheimen Identität und so. Seine Tarnung ist auf jeden Fall perfekt, weil er in der Hierarchie des Kaufhauses wirklich ganz unten steht. Oben kommen zuerst die Führungskräfte in ihren Anzügen, dann die Abteilungsleiter, dann die stellvertretenden Abteilungsleiter der Unterabteilungen, dann die Angestellten und dann die Lehrlinge wie ich. Aber ganz unten, das würde ich zumindest sagen, kommen die Angestellten der nullten Etage, die im Schatten der Abfälle arbeiten und wie Émile ganz schwarz gekleidet sind. Außerdem hat er nicht einmal einen Namen im Kaufhaus. Ich meine damit, dass die Angestellten der nullten Etage keinen Ausweis haben und auch kein Schild mit ihrem Namen drauf, während ich eines vorne an meiner Brust stecken habe, auf dem steht: »C. Fischer, Abteilung 77«.

Er sieht mich sehr ernst an, als ich ihm das alles darlege, und dann antwortet er ein wenig ironisch:

»Und was, denkst du, ist meine Superkraft?«

Jetzt brauche ich einen Augenblick, da mir nicht so recht einfällt, was ich antworten könnte, bis ich schließlich sage, dass seine Macht doch darin besteht, dass er alle Abfälle beseitigt, und dass die Menschheit, wenn er das nicht täte, in ihren Abfällen versinken würde. Und dass Batman auch keine wirkliche Superkraft besitzt, sondern einfach nur den Bösen mit seiner Willenskraft und einer Reihe von Hightechapparaten zu Leibe rücken kann, weil er sehr reich ist. Nun, und bei ihm, bei Émile, ist es genauso. Niemand fragt sich jemals, was mit den Sachen passiert, die man in den Abfall wirft. Dabei ist das doch eine ganz wichtige Frage, oder etwa nicht? Jeder ist froh, wenn sein Mülleimer aus seinem Blickfeld verschwunden ist und er am nächsten Tag wieder leer dasteht. Aber niemand denkt an das menschliche Wesen, das sich um den Mülleimer kümmert und ihn fortbringt, zu einem der sieben Container, die mit Hundertzehn-Liter-Müllsäcken gefüllt werden, und das jeden Tag.

Jetzt fängt Émile an zu lachen.

»Batman rückt den Bösen zu Leibe, und ich, ich begnüge mich damit, die Mülleimer zu leeren, die Kartons zusammenzupressen, die Rollwagen zu befüllen. Na klar, das kommt ungefähr auf das Gleiche hinaus, Charlie. Du vergisst nur eine Kleinigkeit: Batman, der ist eine ganz große Nummer. Bruce Wayne ist ein verdammter Milliardär.«

Einen Augenblick sagt keiner von uns ein Wort. Seine Augen glänzen ein wenig, dann senkt er den Blick zu Boden und sagt:

»Ich finde das absurd. Ende der Diskussion!«

Was?

»Alles, einfach alles. Dieses System.«

Aber warum arbeitet er dann hier?

»Weil ...«

Er wird jetzt ja wohl kaum sagen, dass er einen ruhigen Ort sucht, an dem er lesen kann. Denn, ganz ehrlich, da gibt es echt schönere Orte als die nullte Etage hier, oder etwa nicht? Er antwortet nichts, wartet einen Augenblick, und als er dann wieder spricht, schwingt so etwas wie Wut in seiner Stimme mit:

»Guck sie dir doch an, wie sie hier Tag für Tag arbeiten, ohne das Ganze zu hinterfragen. Wie sie alle in dieses Kaufhaus drängen, und ihr einziger Lebensinhalt ist ihr lächerlicher, armseliger Trott, und ihre einzige Sicherheit ist ihr lächerliches Gehalt am Monatsende. Wie sie in ihren engen Anzügen herumstolzieren. Wie sie denken, jemand geworden zu sein, nur weil sie einen Titel auf ihrer Brust prangen haben.«

Jetzt schaue ich ihm fest in die Augen und halte die Taschenlampe so, dass sein ganzes Gesicht erleuchtet ist. Und ich frage ihn, wen er denn meint, wenn er »sie« sagt.

»Alle! Deinen Abteilungschef, Blazer von der Personalabteilung, deine Kollegen ...«

Und mich? Er beißt sich auf die Lippen:

»Nein, von dir habe ich eigentlich nicht gesprochen, Charlie... Ich spreche von denen, die ein wenig Macht haben. Ich meine... Denk doch mal an Blazer, er muss einigen Leuten ein Bein gestellt haben, um so weit zu kommen. Und wofür das alles? Um die Maschinerie am Laufen zu halten? Um so viel zu verkaufen wie möglich, und das um jeden Preis?«

Er hält inne.

»Hast du schon mal etwas von Camus gelesen?«

Ich schüttele den Kopf. Er geht zu einem der Bücherstapel und greift nach einer anderen Lampe, einer Stirnlampe diesmal. Er befestigt sie sich am Kopf und zieht ein Buch ganz unten aus dem Stapel heraus. Dann noch ein weiteres und noch eines und reicht sie mir herüber. Ich lese Namen auf ihnen, die ich nicht kenne, und andere, die mir bekannt vorkommen. Es sind so viele Worte, dass mir ganz schwindlig wird.

»Du solltest Camus lesen, das wäre ein guter Anfang.«

Ich betrachte den Einband eines Buches, das den Titel *Der Fremde* trägt, und ich sage ihm, dass ich es noch nie geschafft habe, ein Buch ganz zu lesen, dass er das einfach verstehen muss. Und dass ich auch nicht glaube, dass ich es irgendwann einmal schaffen werde. Er soll diese ganzen Bücher lieber behalten. Er wirkt ein wenig enttäuscht, ich wollte ihn nicht beleidigen. Er hebt den Blick:

»Ich bin sicher, dass es in diesem ganzen Berg von Büchern zwangsläufig eines gibt, das dir gefallen und dich auf den Geschmack bringen wird. Sieh doch selbst einmal den Stapel durch, wähl das Buch aus, das du gern lesen würdest.«

Aber ich kenne mich doch überhaupt nicht aus.

»Das ist nicht schlimm.«

Also schaue ich mir den Bücherberg genauer an, einfach, um ihm einen Gefallen zu tun. Es sind viel zu viele Worte für mich, und so betrachte ich nur die Bilder, mein Blick schweift über die Umschläge, die mir nichts sagen. Und dann bleibe ich bei einem Buch hängen, das meinen Blick sofort fesselt: Darauf ist ein Schwertfisch abgebildet. Ich muss wieder an die Chinesin denken. Aber der Schwertfisch auf dem Bild sieht lebendig aus, er taucht aus dem Meer auf und hat so etwas wie ein Seil im Mund. Im Hintergrund sieht man ein Boot mit einem alten Mann mit Bart. Das Buch heißt *Der alte Mann und das Meer* und ist von Hemingway. Ich frage Émile, ob er es bereits gelesen hat.

»Ja. Es ist eine schöne Geschichte. Ich kenne Hemingway nicht sehr gut, um es gleich zuzugeben. Das Buch gilt aber als eines seiner Meisterwerke.«

Ich nicke und lese, was hinten auf dem Buch steht.

»Nimm es mit.«

Ich sehe ihn an und weiß nicht, was ich sagen soll. Es ist das erste Mal, dass man mir einfach so etwas schenkt, ohne einen Anlass wie Weihnachten oder meinen Geburtstag. Andererseits hat er es ja auch nur aus dem Müll gezogen. Ich stammle ein Danke.

In diesem Augenblick ertönt die Stimme der Dame vom Empfang, Madame Bullot, durch die Lautsprecher: »Letzter Aufruf zum Ausstempeln und Verlassen des Kaufhauses. Die Türen werden jetzt abgeschlossen, letzter Aufruf. Danke schön.«

Émile sieht, wie ich in Panik gerate, und beruhigt mich:

»Nicht doch, das ist ganz normal. So geht das jeden Abend, mach dir keine Sorgen. Man kommt auch durch die Hintertüren raus. Ich habe die Schlüssel.«

Ich nicke. Dann schweigen wir einen Augenblick alle beide, und ich denke wieder daran, was er vorhin über Monsieur Giordino gesagt hat. Ich frage mich, was Monsieur Giordino von ihm oder mir unterscheidet. Für uns gilt doch das Gleiche, wir halten die Maschinerie doch auch am Laufen. Wir arbeiten doch auch hart, und das jeden Tag, und das Kaufhaus braucht uns doch auch. Wir sind doch auch »Mit-Arbeiter«. Denn so nennen sie uns ja schließlich: »liebe Mitarbeiter«. Er antwortet nicht, sein Blick wird ganz traurig. Ich frage ihn, warum er eigentlich hier arbeitet. Er sagt, dass er sich diese Arbeit ausgesucht hat, aber es wirkt nicht so, als würde sie ihm gefallen. Außerdem redet er wie ein Intellektueller, er liest sogar Bücher.

»Ich wollte mich nützlich fühlen. Egal, wie unattraktiv der Job ist. Alles ist besser, als stundenlang in einem Amphitheater Professoren zuzuhören, die sich für den wiederauferstandenen Baudelaire halten.«

Er war also tatsächlich an der Universität?

»Ich bin hingegangen. Um ehrlich zu sein, nicht besonders lang. Ich habe die Kurse geschwänzt. Ich habe alle Fristen verstreichen lassen. Ich bin nicht zu den Prüfungen erschienen. Ich wurde rausgeschmissen und habe mir etwas anderes gesucht.«

Also, das verstehe ich jetzt nicht. Ich sage ihm, dass ich sehr gern dorthin gegangen wäre, an die Universität, meine ich.

»Ich weiß nicht, ob es dir dort gefallen hätte. Mir tut es

nicht leid, dass ich da raus bin. Anschließend habe ich eine Kunsthochschule besucht. Dort war ich wirklich glücklich.«

Er ist also ein Künstler?

»Das könnte man vielleicht so sagen, aber ich bin mir nicht sicher. Dafür müssten meine Arbeiten eigentlich öffentlich gezeigt werden, glaube ich zumindest …«

Aber warum verdient er seinen Lebensunterhalt dann nicht damit, seine Werke zu verkaufen und sie in Ausstellungen zu zeigen?

»Das ist kompliziert, Charlie. So läuft das leider nicht.«

Also ist er deswegen hierhergekommen, um in der Nullten zu arbeiten? Und um nächtelang Bücher im hintersten Winkel des Kaufhauses zu lesen …

»Ich …«

Weil er all diejenigen kritisiert, die die Maschinerie am Laufen halten. Aber wodurch unterscheidet er sich von ihnen? Er ist schließlich auch hier, im Kaufhaus, um seinen Lebensunterhalt zu verdienen, weil er keine andere Wahl hat. Als ich ihm das sage, antwortet Émile nicht, er senkt den Blick, und ganz kurz habe ich den Eindruck, dass er ein wenig traurig ist. Um ihn aufzumuntern, sage ich deshalb zu ihm, dass eigentlich wir hier im Kaufhaus die echten Helden sind. Ich meine, wenn ich es recht bedenke, dann habe ich eigentlich mehr Heldenmut bei Leuten wie Monsieur Giordino gesehen, der jeden Morgen früh aufsteht und dicke Tränensäcke unter den Augen hat, oder auch bei Monsieur Victor und natürlich bei Angela als bei den Helden aus den Filmen, die ja schließlich ihre Superkräfte besitzen und bei denen deshalb alles ganz einfach ist. Als Émile mir jetzt antwortet, klingt seine Stimme etwas rau:

»Ich muss noch ein Buch fertig lesen, Charlie.«

Ich nicke, und vielleicht ist es tatsächlich Zeit, dass ich nach Hause gehe. Émile führt mich zum hinteren Ende der nullten Etage, wo sich die ganze Wand hochfahren lässt, damit die Lastwagen direkt andocken können, um die Abfälle mitzunehmen. Er öffnet in dieser großen Tür eine kleine Tür, die mir bisher noch nie aufgefallen ist und die direkt nach draußen führt. Das ist ja auch ganz logisch, weil man sich in der nullten Etage, im Erdgeschoss befindet. Aber bevor ich durch die Tür gehe, fällt mir daneben eine komische Dose auf, eine Metalldose mit einem Stück Klebeband, auf dem ganz groß Émiles Name steht. Ich frage ihn, was das ist. Er antwortet nicht, senkt den Kopf, und als er mich wieder ansieht, lächelt er.

»Komm gut heim, Charlie.«

Und dann schließt er die Tür. Mit einem Schlag bin ich in der Wirklichkeit zurück. Es ist bereits Nacht, und die Luft ist kühl. Mir kommt es beinahe so vor, als wäre hinter der Tür, die von hier aus beinahe unsichtbar ist, weil sie unter einem riesigen Werbespruch für den Schlussverkauf in der Bekleidungsabteilung verborgen ist – als wäre hinter dieser Tür überhaupt gar nichts, als hätte ich geträumt. Ich lese den Slogan auf dem Bild einer Frau, die eine Handtasche von einer Luxusmarke trägt: »Just Be Your Dream«. In meinen Händen halte ich noch immer das Buch, das Émile mir geschenkt hat. Ich betrachte es und frage mich, ob ich es wirklich lesen werde. Ich denke auch noch einmal an die Dose. Einen Augenblick lang frage ich mich, ob seine Dose auch voller Sand ist.

Ich laufe los und bemerke, dass mir wirklich kalt ist. Ich war vorhin gar nicht in der Umkleide, weil ich nicht gedacht hatte, dass meine Unternehmung so viel Zeit in Anspruch nehmen würde und ich das Gebäude durch die Tür auf der nullten Ebene verlassen müsste. Mit anderen Worten, ich habe noch immer meine Fischverkäuferkluft an, mein Polohemd, meine Schuhe, und meine linke Hand steckt sogar noch in einem Plastikhandschuh. Jetzt fühle ich mich ein wenig lächerlich, und da ich nicht mehr zurückkann, um meine normale Kleidung zu holen, gehe ich auf dem Heimweg durch kleine Seitenstraßen, um so wenigen Leuten wie möglich zu begegnen.

Angela hat einen regelrechten Hygienefimmel. Sie reinigt alles mehrmals, während Monsieur Giordino das recht locker handhabt. Angela sagt, dass er schlampig ist, sie nennt ihn einen »alten Mann«. Ich glaube nicht, dass er so furchtbar alt ist, aber er sieht schon so aus wie Menschen, die bereits viel erlebt haben und denen man das sogar in ihrem Gesicht ansieht. Es stimmt auch, dass Monsieur Giordino immer etwas früher geht, wenn wir zu mehreren sind. Am Samstag zum Beispiel geht er schon am frühen Nachmittag, um den Anfang seines Fußballspiels nicht zu verpassen.

Angela hat einen ungeheuren Tatendrang. Aber ihre Leidenschaft fürs Saubermachen kann ich nicht so ganz nachvollziehen. Nur wenn keine Kunden da sind und ich auch sonst nichts zu tun habe, dann mache ich sauber, damit die Zeit schneller vergeht. Es gibt das gelbe Putzmittel für die Oberflächen aus Metall und das blaue für die Glasscheiben. Ich benutze sehr viel Papier, und ich reibe, reibe und reibe, bis alles sauber und noch sauberer ist. Die Kunden dürfen nämlich nirgendwo Schmutz sehen. Ich persönlich mag es ja eigentlich ganz gern, wenn ein bisschen Durcheinander herrscht, aber nur ein bisschen natürlich. Das haucht dieser ganzen sauberen Ordnung ein wenig Leben ein. Ich arbeite auch gern mit Wasser. Deshalb verwende ich überall reichlich davon, auch wenn Juju das nicht mag, ich meine, Wasser auf dem Boden. Ich glaube, Juju ist auch ein bisschen zwanghaft. Er sagt, dass es ihm so vorkommt, als würde er in einem Schwimmbad arbeiten, aber ich antworte ihm dann, dass ich mich wie ein Fisch im Wasser fühle.

Diese Woche ist ein neuer Lehrling in der Käseabteilung. Er heißt Benjamin und ist eigentlich ganz nett. Allerdings ist er nicht gerade der Hellste und braucht ziemlich lang, bis er etwas kapiert hat. Ich gehe ihm manchmal zur Hand, damit es etwas schneller geht. Einmal habe ich ihm gezeigt, wie man etwas unter Zellophan verpackt mit der Zellophan-Verpackungsmaschine. Man muss aufpassen, dass man sich dabei nicht verbrennt, alles klar? Man mag es kaum glauben, aber manchmal ist Fischverkäufer ein richtig gefährlicher Beruf. Scheiben von einem Schwertfisch absägen, mit bloßer Hand Doraden voller Gräten ausnehmen, Portionen luftdicht einschweißen – es gibt genug Gelegenheiten, sich zu verletzen.

Ich erinnere mich noch sehr gut daran, wie ich mir in meiner ersten Woche in den Finger geschnitten habe, und zwar so tief, dass es ganz schön geblutet hat. Klar, das war echt dumm von mir: Ich hatte die Schere nicht gefunden, und da habe ich das Fischmesser benutzt, um den Klebestreifen einer Kühlbox mit dem frisch eingetroffenen »Fisch des Tages« aufzuschneiden. Eine falsche Bewegung und zack! Schon war es passiert. Wie man so schön sagt. Ich musste in die Apotheke genau gegenüber vom Kaufhaus gehen, um die Wunde desinfizieren zu lassen. Der Apotheker forderte mich auf, den Finger in eine beißende Flüssigkeit zu tauchen. In den darauffolgenden Tagen trug ich einen dicken Verband, was nicht gerade optimal war mit den Plastikhandschuhen.

Übrigens schweißen wir die abgepackten Portionen immer schon am Abend ein, etikettieren sie aber erst am nächsten Morgen, damit sich das Datum auf dem Etikett um einen Tag nach hinten verschiebt und der Kunde das Päckchen kauft, weil er glaubt, dass es noch schön lange haltbar ist. Das ist kein richtiger Schwindel, weil man die Lebensmittel sowieso immer noch ein paar Tage länger essen kann. Es ist nur einfach so, dass der Kunde immer die Portion wählen wird, auf der das spätere Datum steht.

Heute arbeitet Émile nicht, weil Montag ist. Das ganze Wochenende über habe ich an seine Metalldose gedacht, und dann habe ich irgendwann einen Entschluss gefasst. Ich werde dort hinuntergehen, wenn er nicht da ist, und die Dose öffnen, um zu sehen, was in ihr ist. Ich frage mich unentwegt, was es mit ihr auf sich hat. Ich weiß, dass die Neugier ein schlimmes Laster ist, aber wenn niemand auf dieser Welt jemals neugierig gewesen wäre, dann wären wir nicht sonderlich weit gekommen, oder? Als Angela mich also bittet, einen Rollwagen zu holen, um die alten Kartons, die ausgedienten Kühlboxen und die überquellenden Riesenmüllsäcke daraufzupacken, bin ich sehr zufrieden und verschwinde mit großen Schritten nach unten in die nullte Etage. Ich muss dabei den Kunden ausweichen, und für einen Montag sind heute recht viele

Kunden da. Ich husche durch die Schiebetür, die sich mit viel Getöse auftut, wenn man auf sie zugeht. Manchmal finde ich es lustig, wie die Kunden, die gerade in der Nähe sind, erschreckt zur Seite springen. Anschließend nehme ich den Aufzug, warte, bis ich die Mülletage erreicht habe, und begrüße dort den Chef der nullten Etage. Er ist ganz klein, noch viel kleiner als ich, er hat einen gut geschnittenen grauen Bart und einen Bürstenhaarschnitt, markante Falten betonen seine Gesichtszüge. Er wirkt immer sehr ernst. Wenn er nicht lächelt, könnte er einem mit seinem Ehrfurcht gebietenden Gesichtsausdruck beinahe etwas Angst einflößen. Ich bin mir sicher, dass er freundlicher ist, als er aussieht. In diesem Moment lächelt er mich an, und es ist lustig, weil sich bei ihm, wenn er lächelt, nicht so sehr der Mund bewegt, sondern seine Augen, die dann hinter seinen ovalen Brillengläsern zu leuchten beginnen, und außerdem ziehen sich seine Wangen etwas nach oben.

Jedenfalls gehe ich in der nullten Etage ganz nach hinten, und dort bin ich ein wenig enttäuscht, weil die Dose – nun, ich finde sie nicht. So gründlich ich auch nachsehe. Ich suche genau dort, wo sie neulich abends war, und auch in der Umgebung – doch sie ist nicht mehr da. Also hole ich den Rollwagen, aber es ist doch ein wenig frustrierend, sich ein solches Vorhaben in den Kopf gesetzt zu haben und es dann nicht ausführen zu können, gerade so, als sei ich dazu verdammt, ein allzu anständiger Mensch zu sein.

Die Dose ist wieder da, als auch Émile wieder da ist, nämlich am Mittwoch. Als ich am Morgen in die nullte Etage hinunterfahre, sehe ich sie neben ihm auf dem Tisch stehen. Er ist gerade dabei, die Aufstellung über die weggeworfenen Waren und Abfälle zu machen. Er verfasst lange Listen, die er in Ordnern abheftet. Er muss alles aufschreiben und überprüfen, damit die Buchhaltung des Kaufhauses anschließend die Verluste errechnen kann. Das ist das Einzige, was sie interessiert: der Preis dessen, was in den Müll wandert. Ich grüße ihn, er lächelt mich an. Ich habe das Buch immer noch nicht gelesen, und da ich Angst habe, dass er mich danach fragt, will ich mich nicht allzu lange aufhalten. Es kommt mir jetzt seltsam vor, wenn ich an neulich Abend denke, als wir hier zusammen in der nullten Etage saßen, und überhaupt an unsere ganze Unterhaltung. Ich habe fast den Eindruck, als wäre das gar nicht real gewesen – als hätte es nur in meiner Fantasie stattgefunden. Aber als ich bereits zum Aufzug zurückgehe, kommt er mir nach:

»He, Charlie!«

Ich wende mich um. Er steht vor mir, und ich habe Angst, dass er mich nach dem Buch fragt, also sage ich schnell, dass ich es noch nicht gelesen habe, dass es mir leidtut, dass es nicht etwa ist, weil ich keine Lust habe, dass es nur ist, weil ich… So ist es immer, wenn mir etwas peinlich ist oder ich gestresst bin: Die Worte sprudeln alle auf einmal viel zu hastig hervor. Zum Glück unterbricht er mich:

»Kein Problem, nimm dir Zeit. Ich wollte dir nur vorschlagen, heute Abend nach der Arbeit bei mir vorbeizukommen. Ich würde dir gern ein anderes Buch zeigen, diesmal sind es Gedichte. Ich glaube, das würde dir gefallen.«

Ich weiß wieder nicht so recht, was ich antworten soll, so erstaunt bin ich, also sage ich, gut, einverstanden, und steige in den Aufzug. Die Türen schließen sich hinter mir. Bis zu unserer Verabredung habe ich erst einmal reichlich Fisch um die Ohren.

Diese Woche ist Rotzunge im Angebot. Dieser Ausdruck ist doch wirklich komisch, wenn man von toten Tieren spricht. Ich stelle mir gern vor, wie nicht die Kunden sich auf die Rotzungen stürzen, sondern wie umgekehrt die Rotzungen über die Kunden herfallen. Jedenfalls gehen die Rotzungen weg wie warme Semmeln. Allerdings nicht wie die Semmeln aus der Backwarenabteilung des Kaufhauses, denn die laufen nicht so wahnsinnig gut. Aber mit den Rotzungenfilets ist es einfach verrückt, kaum hat das Kaufhaus aufgemacht, kommen schon Kunden und wollen welche haben, und am späten Vormittag sind wir bereits ausverkauft. Selbst Angestellte sind gekommen, um welche zu kaufen. Sophie vom Kundendienst hat mich gebeten, ihr für heute Mittag welche zur Seite zu legen. Am späten Nachmittag haben einige Kunden ein furchtbares Theater veranstaltet, weil alles weg war. Manchmal gehen uns die Kunden wirklich auf die Nerven. Sie bilden sich ein, dass sie jederzeit alles bekommen können, und noch dazu, so viel sie wollen. Aber wir müssen dann ganz ruhig bleiben und gute Miene machen, denn die Vorgesetzten könnten uns sehen. Wir wissen nie, wo sie sich verstecken. Wie zum Beispiel Monsieur Blazer, der Personalchef, der am Montag plötzlich in der Abteilung aufgetaucht ist und mich dabei erwischt hat, wie ich gerade Juju einen kleinen Streich gespielt habe. Da hat er mich ganz seltsam angesehen.

Irgendwie muss man auch mal Druck abbauen. Monsieur Giordino ist darin der Meister. Heute fängt er kurz vor Feierabend an, gemeinsam mit Léon, Nataschas Chef, Tiergeräusche von sich zu geben – natürlich erst, als die Kunden fort sind. Das macht er manchmal an Tagen, die ein wenig anstrengend waren. Sie brüllen wie die Verrückten, während sie die Lebensmittel wegräumen, was Natascha dann zum Lachen bringt. Ich versuche manchmal, sie nachzumachen, aber ich bin nicht so begabt wie sie. Es ist ja auch schon verrückt, diese ganzen toten Tiere, die wir verkaufen. Vielleicht geht irgendetwas von ihnen in uns über. Keine Ahnung, vielleicht wandert ihre Seele in Léon oder Monsieur Giordino, und die beiden geben dann ihre Schreie wieder. Auf jeden Fall bauen sie so großartig Druck ab. Später taucht noch Claudine von den Wurstwaren auf und muss lachen, als Monsieur Giordino einen Affen nachahmt. Ich meine wirklich das Geräusch eines Affen. Sie macht sich über ihn lustig, und da schnappt er sich tatsächlich die Wasserpistole, mit der wir normalerweise den Boden reinigen, und bespritzt sie, sodass am Ende überall Wasser ist. Bei dem Anblick staune ich ganz schön, denn das ist keine Kleinigkeit. Kurz danach stemple ich aus. Es war ein guter Tag, wir haben wieder einmal Gewinn gemacht, deshalb gibt mir Monsieur Giordino ein Törtchen aus der Selbstbedienungstheke der Backwarenabteilung als kleine Anerkennung. Sie würden sowieso morgen früh in den Müll wandern. Ich esse es im Aufzug, während ich nach unten fahre. Die Türen gehen auf, und ganz hinten im Erdgeschoss ist Émile und liest.

Ich grüße ihn mit einem Kopfnicken, da man mir immer gesagt hat, dass man nicht mit vollem Mund spricht. Er sagt:

»Ghérasim Luca. Kennst du den?«

Ich schüttele den Kopf. Ohne weitere Erklärung neigt er das Gesicht über sein Buch und beginnt, laut daraus vorzulesen. Ich höre ihm fasziniert zu. Während er liest, setze ich mich. Am Anfang lache ich ein wenig, weil ich glaube, dass Émile sich über mich lustig macht, denn es wirkt so, als würde er stottern. Das Gedicht geht stammelnd voran, eine nicht enden wollende Aneinanderreihung von »pa pa pa«. Aber ganz allmählich gewinnen die Laute eine Bedeutung. Es ist eine Liebeserklärung an seinen Vater, auf jeden Fall hört der Text so auf: »Ich liebe dich leidend / ich liebe dich leidenschaftlich dich liebe ich / ich liebe dich leiden leidenschaftlich«. Für mich klingt das irgendwie seltsam. Zu mir hat noch niemand »Ich liebe dich« gesagt.

Als er zu Ende gelesen hat, senke ich den Kopf, um seinem Blick auszuweichen, weil ich spüre, dass meine Augen etwas feucht geworden sind. Ich höre, wie er ein anderes Buch zur Hand nimmt und einfach nur sagt:

»Rainer Maria Rilke.«

Auch hier beginnt er zu lesen, und wieder ist es ein Gedicht. Nach einer Weile schließt er das Buch und auch seine Augen, aber sein Mund redet weiter. Er spricht weiter, als würde er das Gedicht auswendig kennen.

Und anschließend nimmt er wieder ein anderes Buch zur Hand und dann noch ein anderes. Ich sehe Namen, die ich schon einmal gehört habe, und andere, die mir vollkommen unbekannt sind. Von manchen liest er nur eine Zeile, von anderen mehr. Pablo Neruda, Antonin Artaud, Mahmud Darwich, Arthur Rimbaud, Charles Bukowski und von dem letzten, Herberto Helder, öffnet er nicht einmal das Buch, er sagt bloß:

»›Für jedes Wesen muss es ein einziges Wort geben, das die Inspiration der Völker noch nicht mit Bedeutung belegt hat.‹ Ich liebe diese Worte. Das ist ein portugiesischer Dichter. Seit ich ihn gelesen habe, lässt mich dieser Satz nicht mehr los. Ich würde das Wort gerne finden, verstehst du? Das Wort, das keine Bedeutung hat.«

Aber es gibt doch ganz viele Worte, die keine Bedeutung haben! All die, die man ohnehin viel zu oft wiederholt, oder die, die auf den Formularen der Verwaltung stehen! Er gibt ein merkwürdiges Geräusch von sich, irgendwo zwischen Lachen und Seufzen. Er steht auf.

»Hier, ich schenke dir dieses Buch auch, nimm es.«

Er drückt es mir in die Hände. Es hat einen schönen Umschlag, ganz schlicht, aber das Papier ist ziemlich dick und rau wie die Haut einer Seezunge. Es heißt *Le poème continu*. Ich bedanke mich bei ihm, aber ich lehne es ab, denn ich schäme mich ein wenig, weil ich das andere noch nicht gelesen habe. Außerdem darf ich mir, was die Poesie angeht, nichts vormachen: Auch wenn es schön zum Anhören war, für mich ist das nichts. Deshalb sage ich zu ihm, dass er mir am nächsten Mittwoch einfach wieder etwas daraus vorlesen soll.

»Einverstanden, Charlie. Nächsten Mittwoch.«

Mittlerweile sind die Lichter ausgegangen. Im Dunkeln machen wir wie neulich die Taschenlampen an. Und dann redet auf einmal keiner mehr. Es herrscht Schweigen an diesem in der Dunkelheit liegenden Müllabladeplatz.

»Hast du dich noch nie gefragt, was nachts im Kaufhaus vor sich geht?«

Ich antworte nicht sofort, weil ich nicht sicher bin, ob ich ihn verstanden habe.

»Ich meine, in der Lebensmittelabteilung zum Beispiel. Tagsüber arbeitet ihr, ihr rennt herum, seid geschäftig, und Heerscharen von Kunden schlendern umher … Aber am Abend, in der Nacht, wenn die Lichter aus sind und das Kaufhaus im Dunkeln liegt, wenn alles wie erstarrt ist und kein Laut die Stille stört …«

Er hat recht, wenn alles ganz verlassen ist, herrscht eine seltsame Stimmung wie ein Hauch von Weltuntergang. Es ist, als würde der Ort in den Schlaf sinken, weil es den ganzen Tag über dort brodelt. Klar, die Nudeln und die Konservendosen werden sich nicht miteinander unterhalten, aber hin und wieder stelle ich mir doch vor, dass vielleicht, wenn ich mich irgendwo verstecken würde und so täte, als wäre ich gegangen – ja, dass dann vielleicht tatsächlich nachts die Fische im Kühlschrank aufwachen und mit den Lammkeulen, den Eiern, dem Ziegen- oder Kuhkäse Party machen, alle zusammen. Émile macht nicht den Eindruck, als fände er das lächerlich. Im Gegenteil, seine Augen, die von meiner Stirnlampe erleuchtet werden, strahlen sogar, und begeistert fährt er fort:

»Ja, genau! Und wenn es tatsächlich so wäre, Charlie, wenn nachts die Lebensmittel aufwachen und sich unterhalten würden, wenn sie einen trinken würden und dabei Witze machten? Aber natürlich ihre ganz eigenen Witze! Nehmen wir einmal die Fische zum Beispiel … Die Fische machen natürlich Fischwitze. Der Saibling schreit: ›Leck mich am Barsch‹, die Forelle antwortet: ›Nur über meine Laiche‹, während die Neunaugen nichts gesehen haben wollen, und schließlich verseeteufeln alle einander! Die Hähnchen schwingen das Tanzbein mit den Krebsen, die Entenbrustfilets haben eine Diät gemacht, weil sie sich zu fett finden, um tanzen zu gehen, als Mikrofone verwenden sie Pfefferstreuer und als Verstärker Waschmittelpackungen, wenn bei diesem großen Konzert die Langustinen-Diva zu einem melodiösen Wassergesang anhebt!«

Ich setze noch einen drauf, mit den Gemüsesorten, die zu einem entfesselten Wettstreit antreten gegen die Käsesorten, um herauszufinden, wer schneller ist, die Käsesorten schmelzen auf dem Boden, weil gerade die Fondues im Angebot sind, was wiederum die Karotten ausbremst, die es gerne bis in die Weinabteilung schaffen würden. Die Weinflaschen ihrerseits fließen in Strömen für all die Säufer, die hier und dort und überall vorbeikommen …

»Und dann kommen die Angestellten am nächsten Tag wieder und sehen das so entstandene Chaos, die Wachteln haben einen Kater, die Lauchstangen sind ganz wackelig auf den Beinen, Karotten und Sellerie haben hartnäckige Kopfschmerzen, die Artischocken sind am Boden zerstört, ganz zu schweigen von den Clementinen, die einen entschieden zu feuchten Abend hinter sich haben, und den leeren Weinflaschen auf dem Boden, die eben nicht mehr voll, sondern definitiv unverkäuflich geworden sind und bei mir hier unten in der Nullten landen werden. Die Angestellten sind starr vor Staunen, weil sie nicht begreifen, was los ist, sie glotzen ganz benommen und verblüfft. Es ist einfach großartig, wunderbar! Und dann taucht der Chef im Anzug auf und wird fuchsteufelswild und …«

Und er schickt uns alle nach Hause! Jetzt brechen wir beide in Lachen aus, ich erinnere mich nicht, jemals so gelacht zu haben.

Und dann sehen wir uns an, und ich bin so aufgedreht, dass ich jetzt an fast all unsere Einfälle glaube und Lust habe nachzusehen. Und wenn wir den Aufzug nehmen und noch einmal in die Abteilung zurückkehren? Er scheint darüber nachzudenken, aber dann schüttelt er den Kopf:

»Was würde das bringen? Für uns beide ist das jetzt Realität, Charlie. Vielleicht reicht es, sich etwas einfach nur vorzustellen, damit es Wirklichkeit wird. Wenn wir uns etwas ganz allein vorstellen, dann wird man leicht für verrückt gehalten. Wenn man zu zweit ist und die gleichen Vorstellungen teilt, scheinen sie plötzlich viel realer zu sein. Verstehst du, was ich meine?«

Ich nicke.

»Und außerdem werden wir morgen sowieso sehen, was los ist, wenn wir zur Arbeit kommen, nicht wahr?«

Ich sage ihm, dass er recht hat, auch wenn ich sehr gerne trotzdem nachsehen möchte. Ich wünsche ihm noch einen schönen Abend und gehe durch die Hintertür hinaus. Wieder habe ich nicht daran gedacht, mich umzuziehen. Nächsten Mittwoch muss ich das aber wirklich tun, weil es draußen ganz schön kalt ist. Auch wenn ich den ganzen Tag mit Eis arbeite und normalerweise nicht so schnell fröstele, merke ich das.

Als ich am nächsten Morgen aufwachte, ging ich zum Kaufhaus, obwohl es Donnerstag war und ich am Donnerstag eigentlich gar nicht arbeite: Ich wollte unbedingt sehen, was im Kaufhaus los war. Aber, na klar, alles war beim Alten. Ich muss zugeben, dass ich enttäuscht war, auch wenn ich es eigentlich nicht anders erwartet hatte.

Ich habe endlich *Der alte Mann und das Meer* gelesen. Ich habe es fast in einem Rutsch durchgelesen, ohne Pause. Ich habe fast die ganze Nacht gelesen, und heute habe ich ziemlich verquollene Augen, so wie Monsieur Giordino sie oft hat. Es ist komisch, aber es wäre mir vorher nie in den Sinn gekommen, eine ganze Nacht damit zu verbringen, ein Buch zu lesen. Das Lesen hat mich irgendwie an die Geschichten erinnert, die Monsieur Victor uns vorlas, als wir klein waren. Ich mochte es gern, wie er sie erzählte, denn er fand immer den richtigen Ton. Und heute Nacht hatte ich tatsächlich immer seine Stimme im Ohr, die von Monsieur Victor. Das tat mir gut, weil es mir in meinem Alltag nicht mehr so richtig gelingt, seine Stimme in mir wachzurufen.

Jetzt ist anscheinend jede Woche Schwertfisch-Woche, der läuft nämlich wie geschnitten Brot. Als ich heute Morgen das Exemplar des Tages eintreffen sehe, frage ich mich unweigerlich, ob es der Fisch ist, den der alte Mann auf seinem kleinen Boot besiegt hat. Und ich denke daran, wie er es geschafft hat, rohe Dorade zu essen, igitt, als ich sie ausnehme, wird mir ganz schlecht.

Ich denke die ganze Zeit an den alten Mann und an Manolin und daran, wie traurig der Ärmste darüber sein muss, Santiago verloren zu haben. Joe DiMaggio sollte zur Beerdigung kommen, wenn er ein Mann ist, ich meine, auch wenn er Baseball-Champion ist, das spielt keine Rolle. Um es kurz zu machen, ich bin mit den Gedanken ganz woanders, während ich Scheiben von einem roten Thunfisch abschneide, der vom Aussterben bedroht ist, oder wenn ich die Kunden mit einem bisweilen etwas bemühten Lächeln bediene: »Noch etwas außerdem?«, bevor ich ihnen einen schönen Tag wünsche und ihnen danke, dass sie unserer Abteilung einen Gewinn beschert haben, da sie frischen Fisch gekauft haben, aber doch keinen so großen Gewinn, weil der Transport ja noch mit einberechnet werden muss.

Den ganzen Tag über gehen mir Bilder durch den Kopf, vor allem eines kehrt immer wieder. Ich glaube, es handelt sich um meine erste Erinnerung überhaupt. Es war im Waisenhaus bei Monsieur Victor und Madame Clothilde. Madame Clothilde war für die Kantine verantwortlich, sie war streng, aber im Grunde mochte ich sie gern. Bevor ich das Waisenhaus verlassen habe, habe ich für sie gearbeitet und ihr geholfen, die Mahlzeiten zuzubereiten. Ich glaube, dass mir das auch ein wenig genützt hat, um die Arbeit hier im Kaufhaus zu bekommen. Sie haben gesehen, dass ich gerne mit frischen Produkten arbeite und dass ich mich dabei einigermaßen geschickt anstelle.

Ich bin mit Monsieur Victor oft zum Angeln gegangen. Deshalb kannte ich mich auch ganz gut aus mit Fischen, vor allem mit Süßwasserfischen. Natürlich hat man nicht allzu oft das Glück, Doraden oder Rotbarben oder Steinbutts in den Gewässern vor der Stadt zu sehen. Aber es war immer sehr schön dort. Am Abend zu essen, was man tagsüber selbst gefangen hat, das ist etwas ganz anderes, als die Fische im Kaufhaus zu kaufen. Außerdem bin ich sicher, dass der Fisch dort draußen besser ist, ich kann es nicht beweisen, weil ich zum Beispiel die Forellen, die wir aus dem See der Nachbarstadt geliefert bekommen, noch nie probiert habe.

Einmal war ich kurz davor, welche zu kaufen. Forellen sind nicht so teuer, aber die Vorstellung, sie ganz allein zu Hause bei mir in der Pfanne zuzubereiten, hat mir dann doch nicht so gut gefallen. Da erinnere ich mich lieber an Sommertage, die ich am Ufer der Seen verbracht habe, und an den Geruch von auf dem Feuer gegrilltem Fisch, an meine vom Wasser ausgetrocknete Haut, auf der hier und da noch erdige Krusten klebten. Ich fand es schön, mich an Armen und Beinen zu kratzen, ich mochte diese trockene, schuppige Schicht, die sich bildet, wenn man lange im Wasser war. Und schon damals fand ich es schöner, den Fisch zu enthäuten, als ihn zu essen.

Aber wie gewöhnlich schweife ich ab und bringe nicht zu Ende, was ich eigentlich sagen wollte. Ich war dabei, von meiner ersten Kindheitserinnerung zu erzählen, in der Kantine. Ich hatte einen Schokoladenriegel gestohlen – ich muss etwa vier oder fünf Jahre alt gewesen sein –, und Monsieur Victor hatte mich auf frischer Tat ertappt. Er hielt mir mit Madame Clothilde zusammen eine Standpauke. Ich erinnere mich noch immer an ihre strengen, anklagenden Blicke, die unerbittlich auf mir ruhten. An meinen dringenden Wunsch, woanders zu sein, vor Scham im Boden zu versinken. Meine Strafe bekam ich dann natürlich auch: zwei Wochen lang kein Nachtisch. Wenn ich jetzt daran denke, finde ich das nicht so schlimm, aber während dieser zwei Wochen hatte ich den Eindruck, dass es mein ganzes Leben lang dauerte. Und dann auch noch der Nachtisch! Das war der Schokoladenriegel nicht wert. Jedenfalls hat mich dieser Vorfall gelehrt, dass Diebstahl etwas Schlechtes ist. Übrigens hat Monsieur Victor auch genau diese Worte benutzt, glaube ich, und zwar in einem sehr ruhigen Tonfall – ohne jedes Geschrei, was beinahe noch schlimmer war.

Während ich so vor mich hin träume und dabei den Schwertfisch aufschneide, bemerke ich, dass ich überall auf dem Boden Blut verschmiert habe und meine letzte Scheibe vollkommen schief ist. Ich muss sie also wegwerfen. Ich habe Schuldgefühle Santiago gegenüber. Und natürlich kommt jetzt auch der Geschäftsführer in Anzug und Krawatte vorbei und begrüßt mich. Während er seinen Hemdkragen zurechtrückt, bemerkt er, dass ich doch wirklich etwas besser aufpassen könnte. Er fordert mich auf, das Ganze aufzuwischen, und verschwindet wieder. Ich sehe in das Auge des Schwertfisches, der sich über mich lustig zu machen scheint, und brumme ihn an, dass wenigstens er mich in Ruhe lassen soll.

Es ist schon der zweite Tag diese Woche, dass ich kurz vor Feierabend allein bin, da Monsieur Giordino in Ferien ist. Heute Abend sind keine Kunden da. Nichts ist schlimmer, als die Minuten zu zählen, wenn keine Kunden da sind. Ich fühle mich von allen Seiten beobachtet wie ein Angeklagter, dem man vorwirft, nichts zu tun, aber ich habe auch keine Lust, so zu tun, als ob, und extra noch einmal alle Winkel der Fischabteilung sauber zu machen, die, falls doch noch ein Kunde kommt, wieder schmutzig werden und die ich dann erneut sauber machen kann … Ich würde mich gern hinsetzen, aber in der Fischabteilung gibt es keine Stühle. Ich bin schon fast so weit, dass ich hoffe, ein Kunde würde auftauchen und mich bitten, ihm zwölf Doraden küchenfertig einzupacken. Da muss ich dann doch ein wenig schmunzeln. Es mag vielleicht ein wenig seltsam klingen, aber im Grunde ist es nicht das Schlimmste, die Fische auszunehmen, es ist eigentlich sogar ziemlich lustig. Ich meine, natürlich, es ist ziemlich heftig, einem toten Tier die Eingeweide herauszunehmen. Aber für mich hat es auch etwas Würdevolles, keine Ahnung, es macht mich irgendwie ein bisschen stolz, glaube ich, vielleicht, weil es nicht jeder kann.

Ungeduldig warte ich, dass der Tag zu Ende geht, ganz besonders, weil heute Mittwoch ist. Es ist schon zur Gewohnheit geworden, Émile mittwochs besuchen zu gehen. Jede Woche freue ich mich darauf, ich habe dann das Gefühl, dass ich irgendwie etwas Verbotenes tue.

Heute bin ich ganz besonders ungeduldig, weil ich Émile gern sagen möchte, dass ich sein Buch gelesen habe. Da ich ganz allein bin, schlägt Natascha aus der Nachbarabteilung vor, mir beim Aufräumen zu helfen. Aber mir ist schnell klar, dass es mit ihr zusammen noch länger dauert, auch wenn ich mich nicht traue, ihr das zu sagen. Es ist einfach so, dass ich ihr alles erklären muss, wo was hingehört und wie und in welcher Reihenfolge alles in die Kühlboxen geschichtet wird, bevor diese wiederum in den großen Kühlraum verfrachtet werden. Deshalb geht es also nicht schneller, aber was soll's, wir haben unseren Spaß. Sie hat Latexhandschuhe übergezogen und möchte gern die großen ganzen Lachse wegpacken, also überlasse ich sie ihr. Wir lachen, als sie versucht, einem das Maul aufzudrücken, und dann finden wir da drinnen auch noch eine kleine Sardine, vermutlich von dem Köder, der dem Lachs zum Verhängnis geworden ist, denn auch bei den Fischen ist die Gier ein hässliches Laster.

Es passiert mir tatsächlich ziemlich oft, dass ich kleine Fische in den großen Fischen finde, wenn ich sie ausnehme. Heute war in einem Kalmar zum Beispiel ein kleiner Stöcker. Das Knochengerüst der Kalmare fühlt sich an, als wäre es aus Plastik. Als Natascha die Kalmare mit den Fingerspitzen packte, hat sie ein ganz komisches Gesicht gemacht. Bei den Tintenfischen tat sie dann plötzlich so, als würde sie mir einen ins Gesicht schleudern, sodass ich erschrocken aufschrie und ein wenig rot wurde. Natascha ist selbst mit Plastikhandschuhen, zurückgebundenem Haar, einer schmutzigen Schürze und einer Sepie in jeder Hand noch schön. Vielleicht ist sie jetzt sogar am allerschönsten, genau jetzt, in diesem Augenblick, in dem sie mich mit einem breiten Lächeln ansieht. Ich muss zugeben, dass ich hinter meiner Theke immer auf der Lauer liege, um einen Blick auf ihr Lächeln zu erhaschen. Ich sehe, wie sie die Kunden anlächelt, aber jetzt ist es anders, jetzt scheint es mir so, als wäre sie wirklich fröhlich. Wir haben ein wenig getrödelt, und die Hauptbeleuchtung auf unserer Etage geht bereits aus. Es wird höchste Zeit, die Aufräumarbeiten zu beenden, vor allem weil wir alles noch in den Kühlraum bringen und dort die Temperatur aufschreiben müssen. Dann müssen noch die

Eiswannen an Ort und Stelle zurückgebracht werden, so wie es sich gehört, und das Wasser muss in den Abfluss am Boden gegossen werden.

Ich beeile mich, danke Natascha für ihre Hilfe, sie stempelt aus und verlässt das Kaufhaus, nachdem sie sich im Vorbeigehen an der Selbstbedienungstheke der Backwarenabteilung ein Törtchen genommen hat, das sie auf dem Weg zum Aufzug isst. Ich bin der Letzte, der ausstempelt. Neben dem Gerät wartet Émile auf mich.

»Ich habe mich schon gefragt, ob du kommst.«

Da erkläre ich ihm, dass heute alles länger gedauert hat als sonst, weil der Chef in Urlaub ist. Er beteuert, dass das nicht schlimm ist, und wir gehen hinter die Kulissen des Kaufhauses, um in die nullte Etage zu gelangen, aber diesmal ziehe ich mich vorher noch um. Unterwegs fragt er mich, wer dieses Mädchen ist, das mir geholfen hat. Man könnte meinen, dass er sofort alles verstanden hat und weiß, dass ich eine Schwäche für sie habe.

»Ich habe mich nie besonders geschickt angestellt mit Mädchen«, sagt er zu mir.

Ach, wenn er nur wüsste! Das ist ja das Mindeste, was man bei diesem Thema über mich sagen könnte. Nicht besonders geschickt angestellt mit Mädchen – das ist ja geradezu ein Euphemismus. Als ich das sage, sieht er mich seltsam an, aber klar, ich weiß schon, was ein Euphemismus ist, er sollte mich nicht für einen Idioten halten. Monsieur Victor hat mir beigebracht, was das ist. Er sagte immer zu mir, dass man den Neuankömmlingen erzählt, ihre Eltern seien fortgegangen, und dass das ein Euphemismus ist. Nun gut, um auf Natascha zurückzukommen, ich könnte sie einladen, einen Kaffee trinken zu gehen, aber wie man so schön sagt, das ist leichter gesagt als getan. Und zwar, weil ich nicht gerade der Typ bin, mit dem sie ausgeht, auch wenn wir Freunde sind und sie mir vieles erzählt. Vielleicht wird sie mir aus dem Weg gehen, wenn ich ihr sage, was ich empfinde. Sie sagt mir oft, dass ich ein netter Kerl bin, aber sie kennt meine Hintergedanken nicht, meine nicht ganz so unschuldigen Hintergedanken. Ich sehe sie vor mir, wie sie voller Enttäuschung zu mir sagt: »Charlie, du bist genau wie alle anderen.« Natascha sagt mir zwar immer wieder, dass die Mädchen nette Typen mögen. Aber sie verlieben sich nur in Dreckskerle, das ist zumindest meine Meinung.

»Warum sagst du das?«

Weil es so ist. Mädchen wechseln ihre Freunde so oft wie ihre Kleider oder beinahe so oft, auch wenn ich Natascha noch nie in einem Kleid gesehen habe, das ist ja auch nur so eine Redewendung. Es ist einfach so, Nettigkeit allein hat noch nie jemandem ernsthaft gefallen.

»Nettigkeit, was ist das denn für dich?«

Als könnte ich auf eine solche Frage antworten! Nun, ich sage ihm, dass nett sein vielleicht einfach bedeutet, allzu naiv oder allzu dumm sein. Einen Augenblick sieht er mich wortlos an, dann sagt er:

»In dieser Welt muss man etwas zu gut sein, damit es genügt.«

Ich bin sicher, dass das nicht von ihm stammt.

»Nein, es ist von Marivaux.«

Er mag zwar schöne Redewendungen anderer bemühen, aber wir wissen dadurch immer noch nicht, was es bedeutet, nett zu sein. Ich wäre es manchmal gern ein wenig weniger, um ihr Interesse wecken zu können, ich meine jetzt das von Natascha. Und dabei helfen mir keineswegs die schönen Worte von ich weiß nicht welchem bärtigen Philosophen oder Schriftsteller.

»Und warum nicht? Du könntest ihr etwas Poetisches schreiben. Oder ihr davon erzählen.«

Émile lebt wirklich in einer komischen Welt, das muss man schon sagen, aber er bringt mich zum Lachen. Er reicht mir ein Buch, vorne auf dem Umschlag steht, dass es von Ghérasim Luca ist. Er hat mir bereits etwas daraus vorgelesen.

»Ganz hinten steht ein Gedicht, das den Titel ›Körper annehmen‹ trägt. Das ist mein Lieblingsgedicht. Und in ihm geht es um Liebe.«

Das Buch heißt *Herzgrenze*. Es wirkt so, als würde er, der Batman des Kaufhauses, mir das Buch schenken, das die Grenze seiner Superkräfte aufzeigt, um mir, dem kleinen Lehrling aus der Fischabteilung, Ratschläge zu geben. Ich lehne höflich ab. *Der alte Mann und das Meer* wird mein Lieblingsbuch bleiben. Ich will im Augenblick kein anderes anfangen.

Monsieur Giordino sagt, dass Fischhändler eigentlich kein Ausbildungsberuf ist, sondern dass man ihn vor Ort lernen muss. Er hat, glaube ich, seinen Beruf dort unten gelernt, in Italien. Sein Vater war wahrscheinlich Fischer und hat ihn oft mit hinausgenommen, und später hat er dann wahrscheinlich im Restaurant seines Onkels an der Küste gearbeitet. Das rede ich mir zumindest immer ein. Ich merke nämlich, dass ihm, also Monsieur Giordino, Italien sehr fehlt. Das sehe ich an seinem Blick, wenn die Kunden ihm von den ganz frisch gefangenen

Fischen dort unten vorschwärmen. Sie sagen, dass die Fische, wenn man sie dann am Schwanz anpackt und hochhält, aufrecht wie ein i bleiben. Sie sind ganz starr, und das ist ein Zeichen für ihre Frische. Die, die wir bekommen, können durch den Transport schon am Tag ihres Eintreffens nicht mehr so frisch sein. Manchmal wünschte ich mir, dass Monsieur Giordino mir vom Geschmack des Fisches erzählt – des über einem Feuer am Strand gegrillten Fisches, dem allein das salzige Meerwasser Würze verleiht. Wenn Monsieur Giordino italienische Kunden hat, freut er sich immer sehr, mit ihnen in seiner Muttersprache zu sprechen. Dann ist er ganz anders, man hat den Eindruck, als spräche er mit einem Verwandten. Das macht mich ein wenig eifersüchtig. In diesen Augenblicken würde ich gern ein wenig Italienisch sprechen können.

Einmal habe ich Monsieur Giordino vorgeschlagen, eine Espressomaschine neben der Fischabteilung aufzustellen, um den Umsatz zu steigern. Es ist nämlich wirklich so, dass der Fischkauf für die Italiener einer Familienfeier gleicht. Sie können sich stundenlang in der Abteilung aufhalten, sie schauen alles gründlich an und reden miteinander, blablabla, und der *figlio,* ist er zurückgekommen, und die Mamma, *come va?* Und dies und jenes. Monsieur Giordino sagt, dass es eine gute Idee ist, aber natürlich gibt es andere Prioritäten. Die Fischabteilung des Kaufhauses ist unterbesetzt. Und wenn Juju erst einmal fort ist, wird sich das noch verschlimmern. Ich jedoch werde in den nächsten Jahren wohl nicht weggehen. Mit der Zeit, da wiederholt sich die Arbeit weitgehend, das stimmt schon. Manchmal ist es wirklich hart, morgens aufzustehen, sich bei Dunkelheit und Kälte auf den Weg zu machen, um dann den »Künstlereingang« zu benutzen, zur Umkleide hochzugehen zu meinem Spind mit der Nummer 65 ganz am Ende des Hauptganges, meine Kluft des Superfischhändlers anzuziehen, mit den dicken Schuhen, die das Kaufhaus mir geschenkt hat, da man ja, wenn man im Wasser arbeitet, ganz schön aufpassen muss, dass man nicht ausrutscht. Immerhin braucht man sich keine Jahreskarte fürs Schwimmbad zu kaufen.

Ich bin immer noch ganz besessen von dieser Metalldose, die irgendwo hinten in der nullten Etage herumliegt. Was hat es mit ihr auf sich? Und natürlich muss ich dann immer an meine eigene denken, mit dem Sand drinnen. An diesem Mittwoch werde ich ihn ein für alle Mal danach fragen. Der Tag vergeht langsam, weil ich so ungeduldig bin. Ich rede ein wenig mit Léon, da ohnehin nur wenige Kunden da sind. Alles in allem ist Léon wirklich sympathisch. Jetzt, wo wir uns besser kennen, haben wir viel Spaß miteinander. Als ich neulich von der Pause zurückkam, hat er mir seine Abteilung, Käse- und Wurstwaren, gezeigt. Es war lustig, denn er war dabei, alles umzuräumen. Er hat zu mir gesagt, weißt du, Charlie, man muss es gut finden, die Dinge im Leben ein wenig durcheinanderzuwirbeln. Er hat zu mir gesagt, heute, da haben wir die Revolution! Und ich, ich habe ihn gefragt, ob er keine Angst hat, dass die Stammkunden ein wenig verwirrt sein werden, wenn an der Stelle des Gruyère jetzt der Mozzarella liegt und der Sauerrahm dort ist, wo vorher der Gorgonzola war, die Mortadella an der Stelle des Parmaschinkens und umgekehrt. Aber er hat mir geantwortet, dass man auch einmal ein Risiko eingehen muss und dass der Kunde dadurch gezwungen ist zu reden. Er erklärte mir, dass das Reden am Anfang eines erfolgreichen Verkaufens stünde. Außerdem würde der Kunde dann bei der Suche nach dem Käse, den er sonst immer kauft, auf einen anderen stoßen und möglicherweise diesen kaufen, um ihn einmal zu probieren und ein wenig Abwechslung in seinen Alltag zu bringen. Und beim nächsten Mal würde er dann alle beide nehmen!

Ich fand das faszinierend. Das beweist, dass Léon wirklich Einsatz zeigt. Ich habe mich nicht getraut, ihm zu sagen, dass es für mich genau andersherum ist: Wenn es einen Ort gibt, der immer der gleiche bleibt, der sich nie wirklich ändert, ganz egal, ob Frühling, Sommer, Herbst oder Winter, also, wenn es so einen Ort gibt, dann ist es für mich das Kaufhaus.

Wen ich nicht besonders mag, ist Louis, der Chef der Fleischwaren. Niemand mag ihn wirklich, weil er sehr herrisch ist, mir gegenüber, aber eigentlich allen gegenüber. Claudine ist natürlich diejenige, die am meisten darunter zu leiden hat. Er ist sehr streng, fährt sie immer an und sagt ihr, dass sie alles schlecht und viel zu langsam macht. Auf jedem Fehler hackt er herum, und manchmal geht Claudine nach Feierabend mit Tränen in den Augen nach Hause. Das macht mich richtig fertig. Deswegen freut es mich auch, wenn Léon und Monsieur Giordino guten Umsatz machen und Louis nicht. Dann stimmen sie Fangesänge an wie beim Sport, um sich über ihn lustig zu machen.

Nach Feierabend fahre ich in die nullte Etage hinunter wie jeden Mittwoch. Émile hat einen Bleistift in der Hand und beugt sich über den kleinen Tisch. Ich sehe, dass er etwas aufschreibt: Wie beim letzten Mal ist er dabei, die Aufstellung der Abfallwaren zu machen, die in Ordnern abgeheftet werden, die wiederum auf dem Regalbrett genau über dem Tisch stehen. Jahr für Jahr kann man dort die »Verluste« des Kaufhauses nachlesen.

»Dieses Jahr liegen wir, grob geschätzt, bisher bei fünfundzwanzigtausend. Allein, was die Lebensmittel betrifft. Und wir haben noch nicht einmal November.«

Mir wird ein bisschen schwindlig, wenn ich versuche, mir vorzustellen, wie viele Lebensmittel man dafür kaufen könnte, für fünfundzwanzigtausend Franken.

»Mir auch, Charlie. Aber was kann man dagegen tun? Die Leute sollten darüber Bescheid wissen.«

Aber das wissen doch alle, oder nicht?

»Alle tun aber so, als wüssten sie von nichts. Weißt du, wie viele Lebensmittel weltweit verschwendet werden? Mehr als die Hälfte dessen, was hergestellt wird, landet im Abfall, bevor es überhaupt konsumiert wurde.«

Man müsste doch alles verkaufen können. Weniger bestellen. Es so einrichten, dass die Abteilungen am Ende des Tages leer sind. Ich würde gern einmal sehen, wie das aussieht, wenn die Abteilungen leer sind.

»Das würde nicht reichen. Weißt du, was am schlimmsten ist? Ein Drittel der Lebensmittelverschwendung verursacht der Verbraucher. Das bedeutet, selbst bei dem, was du verkaufst, kannst du keineswegs davon ausgehen, dass es auch gegessen wird. Einer von drei verkauften Fischen wird im Müll landen, und zwar einfach nur deshalb, weil derjenige, der ihn gekauft hat, den Fisch einen Tag zu lang in seinem Kühlschrank hat liegen lassen.«

Ich sage nichts mehr. Zahlen wirbeln mir im Kopf

herum. Das alles macht mich traurig. Ich fühle mich ganz klein, wirklich ganz klein. Ich hätte die Metalldose darüber vollkommen vergessen, wenn Émile sie nicht gerade jetzt unter dem Tisch hervorgeholt hätte. Er hat sie vor meinen Augen aufgemacht.

»Sieh nur.«

In der Dose liegen Fotografien und Zeitungsausschnitte. »Die Lebensmittelverschwendung in Zahlen«; »Die Regierung ergreift Maßnahmen, um gegen die Wegwerfmentalität bei Lebensmitteln vorzugehen«; »Slow Food, Freeganismus, Ernährung auf Basis regionaler Produkte – auf dem Weg zu einer verantwortungsvollen Ernährung?« Auf den Fotos sieht man riesige Abfallhaufen, Kipplaster beladen mit noch eingepackten Produkten. Frachtschiffe sind zu sehen, auf denen sich Container stapeln, überquellende Mülleimer, verfaultes Obst auf dem Gehsteig, Berge von Gemüse, die auf den städtischen Müllhalden vor sich hin gammeln.

Das ist also drinnen, in seiner Dose. Eine Sammlung. Seine Sammlung.

»Das ist Arbeitsmaterial.«

Wie denn das?

»Ja, ich schulde dir eine Erklärung.«

Damit schließt er die Dose wieder und nimmt einen Ordner nach dem anderen aus dem Regal. Dahinter befinden sich so etwas wie ein zusammengeklapptes Stativ sowie eine Tasche. Er holt sie hervor, öffnet den Reißverschluss und fördert eine große Kamera zutage. Ich sehe ihn an und staune nicht schlecht. Das ist also seine Superkraft! Er fängt Bilder ein! Er ist Fotograf!

Er lächelt. Und dann zeigt er mir alles.

»Ich mache eine Reportage. Deshalb habe ich mich hier beworben. Dieses Thema ging mir schon eine ganze Weile durch den Kopf. Die Lebensmittelverschwendung, meine ich. Ich hatte bereits begonnen, all diese Artikel zu sammeln. Hatte Bilder im Internet gesucht. Anfangs wollte ich meine Arbeit nur damit gestalten: mit Bildern, die es schon gab. Aber ich habe sehr schnell begriffen, dass ich hier auf eine große Sache gestoßen bin und dass ich weitaus mehr daraus machen könnte. Vor allem ist mir klar geworden, dass man sich noch nicht wirklich gründlich mit dem Thema befasst hatte. Weißt du, wie viele Bilder man auf Google heute zu allen möglichen anderen Stichworten findet? Über die Lebensmittelverschwendung wird inzwischen schon ein wenig geredet, klar. In den Medien erscheinen ein paar Artikel, es gibt ein paar Studien, aber sie bleiben vollkommen an der Oberfläche. Die Behörden kümmern sich nicht darum, unsere Regierungen ergreifen keinerlei Maßnahmen. Alle halten still und sind nicht in der Lage, sich zu rühren. Da habe ich mir gesagt, dass es an der Zeit ist, eine wirklich künstlerische Arbeit dazu zu machen. Man tischt uns Statistiken auf, aber man zeigt den Leuten nicht, was sich wirklich dahinter verbirgt. Genau darum geht es mir: Ich will es zeigen. Ich will erzählen und aufdecken.«

Während er spricht, lässt er auf dem kleinen Display seines Fotoapparats Bilder vorübergleiten. Ich sehe die Container der nullten Etage in Großaufnahme vorbeiziehen, alle in genau der gleichen Kameraeinstellung. Man sieht Obst und Gemüse aus dem Kaufhaus. Man sieht noch eingepackte Kekse, Milchpackungen und Joghurtbecher.

Ich betrachte die Fotos, und dann, ohne wirklich zu wissen, warum, bricht es aus mir heraus, und ich erzähle ihm davon. Ich sage ihm, dass ich auch eine Dose habe, dass meine aber aus Holz ist und dass sie mit Sand gefüllt ist. Er antwortet natürlich nicht. Wie immer, wenn ich verlegen bin und nicht genau weiß, was ich sagen soll, sage ich zu viel auf einmal. Ich sage ihm, dass ich meine Eltern eigentlich nie gekannt habe und dass das eben so ist und dass Monsieur Victor derjenige war, der mir die Dose geschenkt hat, damit ich mit ihr reden kann. Monsieur Victor, das war der Hausmeister im Waisenhaus, aber für mich war er viel mehr als das. Er war derjenige, der mich gefunden hat, und wenn ich es recht bedenke, heiße ich seinetwegen Fischer. Weil das der Name des Unternehmens war, vor dem sie mich offenbar aufgesammelt haben. Also hat man mich auch so genannt, sozusagen der geistige Sohn von Monsieur Fischer, seines Zeichens Karosseriebauer. Charlie heiße ich, weil ich ein kleines Armband trug, auf dem dieser Name stand, das ist also mein wirklicher Vorname, glaube ich zumindest.

»Du redest mit einer Dose?«

Ich hätte das alles nicht erzählen sollen, ich weiß nicht, was mich geritten hat, jetzt wird er mich genau wie die anderen für einen Verrückten halten, ich habe die Nase voll bis obenhin.

»Nein, Charlie, ganz und gar nicht. Ich finde nur, weißt du, das ist komisch … Es erinnert mich daran, dass ich, als ich klein war, einen unsichtbaren Freund hatte. Das ist irgendwie das Gleiche oder zumindest ein bisschen?«

Ich lächele ihn an. Und wie war er denn, sein unsichtbarer Freund?

»Er war mein Doppelgänger. Ein zweites Ich, aber durchsichtig. Ich erzählte ihm alles. Und eines Tages, da war er verschwunden.«

Warum?

»Ich weiß nicht. Ich bin älter geworden.«

Wir schweigen beide eine Weile. Er hat seine Kamera auf den Tisch gestellt, dann räumt er sie in die Tasche.

»Irgendwann bekam ich meinen ersten Fotoapparat geschenkt.«

Es ist komisch, ich dachte, die Kräfte von Émile seien die Worte. Ich dachte nicht, dass er auch mit den Bildern so gut sprechen könnte.

»Worte und Bilder ergänzen sich doch gut, nicht wahr?«

Ja, stimmt. Die Dose steht auf dem Tisch, und ich nehme erneut ihren Inhalt unter die Lupe. Hat er denn keine Angst, eines Tages erwischt zu werden? Hat er denn überhaupt das Recht, hier Fotos von all diesen Dingen zu machen?

»Natürlich nicht. Außerdem ist ja klar, dass das alles unter uns bleibt, Charlie? Ich kann dir doch vertrauen?«

Ich nicke und werde ein wenig rot. Mir wird plötzlich klar, dass Émile mir wirklich ein wahnsinnig großes Geheimnis anvertraut hat.

»Ja, irgendwann werde ich vermutlich erwischt. Bis dahin versuche ich, vorsichtig zu sein.«

Und was wird er tun, wenn das geschieht?

»Ich habe keine Ahnung. Ich werde mich arbeitslos melden. Ich werde mich woanders bewerben. Ich werde meine Arbeit fortsetzen, bis ich genügend Bilder zusammenhabe. Mit ein wenig Glück kann ich sie veröffentlichen. Vielleicht kann ich sogar irgendwo eine Ausstellung machen, wer weiß? Man kann immer träumen.«

Ich reibe mir ein wenig die Augen und sage ihm, dass es Zeit für mich ist heimzugehen, wenn ich morgen früh beim Blick in den Spiegel nicht ebenso dunkle Augenringe bei mir feststellen möchte wie bei Monsieur Giordino.

»Wir entdecken (in tiefer Nacht ist diese Entdeckung unvermeidlich), dass Spiegel etwas Monströses haben.«

Das, das stammt wieder nicht von ihm.

»Richtig. Es ist von Jorge Luis Borges. Einem meiner Lieblingsdichter.«

An diesem Punkt fällt mir auf, dass es in der nullten Etage keine Spiegel gibt, und einen Augenblick sehe ich mich bereits vor mir, wie ich in meiner Wohnung in den Spiegel blicke und es noch dunkel ist, weil wir schon bald Winter haben. Das Spiegelbild meines Gesichts sieht aus wie das eines anderen. Und als ich an diesem Abend wirklich nach Hause komme, habe ich das Gefühl, als läge mir irgendetwas schwer im Magen, und ich lasse noch einmal den ganzen Abend vorüberziehen. Émile als Fotograf, Borges, die ganzen weggeworfenen Lebensmittel. Ich esse nichts mehr und lege mich direkt ins Bett. Ich gehe nicht mal mehr ins Bad, um mir die Zähne zu putzen.

Ein halbnacktes Pin-up-Girl hängt innen an der Tür des Metallschranks ganz hinten in unserer Abteilung. Juju war das, er hat das Bild dorthin geklebt. Das wirkt ziemlich witzig, weil bisher nur das Foto von Monsieur Giordino innen an dem anderen Türflügel hing und sein Blick ins Leere ging, wenn man den Schrank öffnete, jetzt könnte man dagegen fast sagen, dass er das Mädchen ansieht.

Das verwirrt mich ein wenig. Jedes Mal, wenn ich den Schrank öffne, um Marinaden oder Kräuter herauszuholen oder einfach nur Müllsäcke, die gewechselt werden müssen, oder Aufbewahrungsschalen, in die frische Fische verpackt werden sollen, wird mein Blick beinahe magisch angezogen von dem Bild dieses Mädchens. Das ist blödsinnig, vor allem weil sie nicht einmal hübsch ist – jedenfalls lange nicht so hübsch wie Natascha. Außerdem ist das Bild bearbeitet, es ist verfälscht. Ich sollte mit Émile darüber sprechen, der hat sicher eine Meinung zu diesem Thema, jetzt, wo ich weiß, dass er Fotograf ist. Aber es regt mich auf, dass dieses – noch dazu bearbeitete – Foto eine solche Wirkung auf mich hat. Als wollte es mich daran erinnern, dass ich, nun ja, dass ich noch nie eine solche Freundin hatte – bearbeitet oder nicht.

Also rede ich mit dem Bild, wenn ich den Schrank öffne, ich raune ihm zu, dass es endlich aufhören soll, mich so anzustarren, wo doch bereits der Chef es den ganzen Tag über anhimmelt, das sollte doch wohl reichen. Und da ich gerade dabei bin – Émile ist auch sehr komisch mit seiner Idee, ein Gedicht für Natascha auszuwählen. Als würde ich ihr mitten in einem Gespräch ein Gedicht vorlesen. Sie würde mich fragen: »Wie geht's dir heute, Charlie?« Und ich würde darauf antworten: »Total gut, wir haben viele Kunden, es gibt ein Superangebot beim Seeteufel, der läuft unheimlich gut, und übrigens, ich habe da etwas, das würde ich dir gern vorlesen …« Nein, das Leben hat nichts mit Literatur zu tun.

Obwohl es vielleicht stimmt, dass manchmal im Leben ein »und wenn nun« ausreicht.

Und wenn nun die Lebensmittelabteilung zum Leben erwachen würde, und wenn wir nun die ganze Nacht in der nullten Etage blieben, und wenn ich nun Schriftsteller und nicht Fischverkäufer wäre, und …

»Und wenn du nun Natascha einladen würdest, etwas mit dir trinken zu gehen?«

Ich sehe auf, Émile steht vor mir, er ist hier vorbeigekommen, um die leeren Kartons aus der Weinabteilung zu holen. Er lächelt:

»Man kann deine Gedanken lesen, Charlie. Beeil dich, sonst mach ich es!«

Mit forschem Schritt macht er sich pfeifend auf den

Weg in die nächste Abteilung. Ich muss eine Kundin bedienen, die bereits wartet und voller Vorfreude auf die Austern blickt. Nein, wir haben die Kisten noch nicht bekommen, ja, der Preis gilt stückweise, ja, ich weiß, dass das teuer ist, aber mein Gott, was will man machen. Sie möchte Muscheln, ein Kilo Muscheln, bitte schön, hier sind sie schon, und einen schönen Tag auch noch.

Ich verkaufe Muscheln nicht besonders gern, Venusmuscheln auch nicht. Die brauchen so viel Platz, und schwer sind sie auch, einfach weil die Leute immer große Mengen kaufen. Es ist auch gar nicht so leicht, sie in Tüten zu kippen, zumal man die Muscheln, damit sie nicht aufgehen, wirklich unter Unterdruck verpacken muss, aber gleichzeitig dürfen sie nicht vakuumverpackt werden, damit sie atmen können. Kurzum, Muscheln sind eine heikle Angelegenheit.

Und dann ist es zehn Uhr und damit Zeit für die Pause, sagt Monsieur Giordino, also gehe ich ausstempeln. Für die Pause wird man nämlich nicht bezahlt, das ist ja klar. Als zweites Frühstück kaufe ich mir ein Schokocroissant und einen Orangensaft – ist doch ganz schön praktisch, wenn man in einem Kaufhaus arbeitet. Während ich in der Schlange an der Kasse stehe, begegnet mir Sophie, die mich grüßt und fragt, geht's dir heute gut, Charlie? Und ich antworte ihr, ja, in der Pause geht es immer gut. Sie kauft sich einen Karottensaft und ein Päckchen Kaugummi ohne Zucker. Damit überdeckt sie den Zigarettengeruch, denn sie wird gleich draußen vor dem Kaufhaus eine rauchen. Ich gehe wie gewöhnlich hinter die Kulissen und dann in die Kantine nach ganz oben. Als sich die Türen des Aufzugs öffnen, sage ich mir, dass ich mir jetzt eine Aufgabe stellen, dass ich selbst ein bisschen Schicksal spielen muss. Wenn also Natascha in der Kantine ist und wenn sie genau zur gleichen Zeit Pause macht wie ich, dann schlage ich ihr vor, nach der Arbeit einen Kaffee mit mir trinken zu gehen. Und wenn nicht, dann höre ich auf, an sie zu denken, und zwar den ganzen Tag. Ja, genau, das ist gut, sehr gut sogar, denn Natascha macht am Freitagvormittag nie um zehn Uhr Pause, sondern immer etwas früher, damit Léon später Pause machen kann.

Auf dem Weg zur Kantine begegne ich Monsieur Blazer, dem Chef der Personalabteilung, der in besserer Stimmung zu sein scheint als beim letzten Mal. Er schüttelt mir die Hand … sicher möchte er die Gelegenheit nutzen, dass ich diesmal nicht meine mit Schwertfischblut verschmierten Plastikhandschuhe trage. »Guten Tag, Monsieur Fischer, geht es Ihnen gut?« Es geht mir gut, ja, es geht mir gut, danke. »Es gefällt Ihnen also immer noch, hier zu arbeiten. Läuft es mit den Fischen?« Ja, ja, alles in Ordnung. Jedenfalls sind sie redseliger und witziger als er. Ich gehe den Flur entlang, bis ganz nach hinten in die Kantine, und dort sitzt doch tatsächlich Natascha und macht Pause, als wäre überhaupt nichts dabei, aber ich kann es nicht fassen.

Ich bin hin- und hergerissen zwischen dem Wunsch, im Erdboden zu versinken, auf die Toilette zu rennen, um mich dort bis morgen früh einzuschließen, und dem Wunsch, eine Zeitmaschine zu bauen, um in die Vergangenheit zu düsen, damit ich mich davon abhalten kann, mir selbst dieses verflixte Versprechen zu geben. Stattdessen bewege ich mich lediglich wie ein Roboter vorwärts bis zu dem großen Tisch in der Mitte, grüße sie und hole mir dann einen Kaffee. Mike wartet gerade darauf, dass seiner durchläuft, er klopft mir auf die Schulter: »Alles klar, mein Freund? Gut drauf? Was macht die Fischerei?« Mike ist morgens immer ganz verschlafen, das ist nicht gerade günstig für einen Bäcker. Er bringt sich in Schwung, indem er einen lebhaften Tonfall anschlägt und mit den anderen redet, als gäbe es jeden Tag etwas zu feiern. Auf diese Art und Weise verleiht uns seine Müdigkeit komischerweise Energie. Jetzt habe ich zumindest so lange, wie er da ist, eine gute Entschuldigung, um nicht handeln zu müssen. Aber als er dann sagt: »Auf jetzt, wieder an die Arbeit!«, und die Kantine verlässt, überfällt mich der Zweifel erneut, und ich spüre, wie eine große Portion Schwermut sich langsam ihren Weg von meinen Füßen hoch bis zu meinem Kopf bahnt und unterwegs obendrein eine ganze Weile in meinem Bauch verweilt. Vom Kopf wandert sie wieder zurück, und jetzt nistet sie sich so richtig in meinem Bauch ein – bis alles ganz verkrampft ist und ich überhaupt nicht mehr sprechen kann.

Da ist sie, da bin ich, und da ist die leere Kantine. Und da ist ein Versprechen, das ich mir gegeben habe. Und jetzt? Jetzt trinke ich meinen Kaffee in einem Zug leer, wodurch mir ziemlich übel wird, und sage zu Natascha: »Also, ich muss dann mal wieder los!«, wo ich doch gewissermaßen gerade erst gekommen bin. Sie sieht mich merkwürdig an, während ich den Raum verlasse und zu den Toiletten am Ende des Gangs renne. Im Spiegel sehe ich meinen kugelrunden Kopf mit den kurz geschnittenen kastanienbraunen Haaren, die nichts hermachen, und den paar Bartstoppeln, die in meinem Gesicht sprießen, weil ich mich einfach nicht gern rasiere. Ich muss wieder an den Satz von Borges denken. Im Grunde muss es nicht einmal tiefe Nacht sein, damit Spiegel etwas Schauerliches haben. Dann trinke ich etwas Wasser und nehme meine Brille ab. Ich halte meinen Kopf ganz unter den Wasserstrahl, um meinem Gehirn etwas Abkühlung zu verschaffen. Auf den Toiletten läuft immer Musik aus dem Radio. Als ich den Kopf wieder hebe, sind meine Haare tropfnass, und mein Gesicht, das ich ohne meine Brille allerdings nur unscharf sehe, sieht ziemlich traurig aus. Es kommt mir so vor, als wäre ich eine Figur aus einem Film. Aber wenn ich der Held sein soll, dann muss es ein ziemlich misslungener Fernsehfilm sein oder aber eine Liebeskomödie, die man im Kino mit seiner Herzallerliebsten ansieht und wo man sich dann zum ersten Mal küsst. Aber damit ist es ja genauso, auch das gibt es nur im Film.

Und da, plötzlich, man stelle sich vor, betritt Émile die Toilette. Er wirkt sehr erstaunt, als er mich so sieht, und dann fängt er an zu lachen. Er fragt mich, warum mein Kopf so nass ist, und ich erkläre ihm, dass es wegen Natascha ist. Ich sage ihm, dass das alles wirklich echt und nicht etwa Literatur ist.

»Weißt du, Charlie, ich glaube, das wirkliche Leben ist oft unglaubwürdiger als die Fiktion.«

Auf diesen rätselhaften Satz fällt mir keine rechte Antwort ein, und so fährt er fort, während er mir Papierhandtücher reicht, mit denen man sich normalerweise die Hände abtrocknet:

»Hier, trockne deine Haare und beruhige dich etwas! Ich krame eigentlich nur ungern alte, abgedroschene Sprichwörter hervor, aber wie sagt man so schön: Wer nicht wagt, der nicht gewinnt! Charlie, es ist noch nicht zu spät. Geh wieder rein und schlag ihr vor, einen Kaffee trinken zu gehen. Heute Abend.«

Ich reibe meine Haare trocken und sehe ihm fest in die Augen. Er hat seine Hand auf meine Schulter gelegt, und ich weiß nicht, warum, aber diese Geste übt eine große Überzeugungskraft auf mich aus. Ich denke wieder an das Waisenhaus und an dieses Mädchen auf der Schaukel, das einen Kaugummi kaut. Und dann waren da die Rufe der anderen Kinder: »Er ist ver-lii-iebt, er ist ver-lii-iebt!« Und dann der in den Mülleimer gespuckte Kaugummi und die Worte: »Hör nicht auf sie, sie sind bescheuert, als würde ein Mädchen wie ich mit einem Typ wie dir gehen wollen«, und dann die Schlägereien und dann der große Diego und dann Madame Clothilde und Monsieur Victor in der Kantine. Monsieur Victor, der seine Hand auf meine Schulter legt, seine dicke, schwere und warme Hand, und dann der brennende Wunsch, all diese Kinder zum Schweigen zu bringen, weil sie in meinem Kopf immer noch rufen: »Er ist ver-lii-iebt, er ist ver-lii-iebt!« Da bin ich, ohne wirklich zu wissen, wie es dazu gekommen ist, in die Kantine zurückgegangen, und Natascha hat mir geantwortet: »Einverstanden, gern! Aber heute Abend, da kann ich nicht, ich treffe mich mit meinem Freund! Habe ich dir nicht von ihm erzählt? Er heißt Lionel! Wir sind erst seit zwei Wochen zusammen. Er ist so unglaublich romantisch! Ich werde dir alles erzählen! Aber erst morgen, das wäre perfekt! Um wie viel Uhr? Um halb sechs, nach Feierabend?«

Ich nicke lächelnd, und dann sage ich, dass halb sechs sehr gut ist und bis morgen oder bis später eben.

Am nächsten Tag wartet sie nach Feierabend draußen auf mich, eingemummt in ihren dicken schwarzen Mantel, dazu ein Schal, der ihr bis über das Kinn reicht. Sie lächelt mir zu, als ich komme, und stößt einen tiefen Seufzer aus, gefolgt von einem »Wow, endlich Wochenende! Morgen kann ich ausschlafen!«. Sie hat mir schon einmal gesagt, dass das Schlimmste für sie das frühe Aufstehen am Morgen ist. Und heute war auch wirklich ein anstrengender Tag, es war ziemlich viel los, die Feiertage rücken näher, die Weihnachtsdekoration muss auch schon in Angriff genommen werden, wir haben bereits Anfang November. Deshalb ist unser Umsatz auch ordentlich gestiegen, und Monsieur Giordino und Léon waren hochzufrieden, auch wenn deshalb alle etwas erschöpft nach Hause gehen. Immerhin, wenn man viel verkauft, muss man abends weniger Waren aufräumen.

Da wir nicht genau wissen, wohin wir gehen sollen, landen wir schließlich im Café-Restaurant des Kaufhauses, das sich im Erdgeschoss befindet und noch offen hat. Außerdem bekommen wir als Mitarbeiter einen Preisnachlass, auch wenn dieser nur zehn Prozent beträgt. Letztlich fällt mir einfach nichts anderes ein, weil ich nicht oft Kaffee trinken gehe, und so kenne ich die netten Orte nicht, an die man ein Mädchen einlädt. Der Vorschlag kam von ihr, weil es draußen kalt ist und wir herumstanden und uns nicht entscheiden konnten. Als wir das Café-Restaurant betreten, beschlagen meine Brillengläser wegen der feuchtwarmen Luft. Es ist nett hier drinnen, eine Stimmung, die verflixte Lust auf eine heiße Schokolade macht, aber ich weiß nicht, ob es sich gehört, bei einer solchen Verabredung eine heiße Schokolade zu bestellen, wenn es sich überhaupt um eine echte Verabredung handelt. Schließlich ist da noch Lionel.

Ich lasse sie den Platz wählen, auch wenn ich gern am Fenster sitzen würde, auf einer Bank. Ich liebe es, auf der Bank zu sitzen und den Raum mir gegenüber zu haben. Das ist mir lieber als umgekehrt, aber natürlich setzt sie sich auf die Bank, also rücke ich mir den Stuhl ihr gegenüber zurecht. Der Kellner kommt, um zu fragen, was wir trinken möchten. Ich lasse sie bestellen, sie nimmt einen Tee, und ich, ich sage, das Gleiche, und dann fügt sie hinzu: »Einen grünen Tee, wenn Sie haben«, und der Kellner fragt mich, ob für mich auch. Ich sage Ja, obwohl ich grünen Tee nicht mag. Und dann fängt sie an zu reden, und ich höre zu wie gewöhnlich. Ich wage nicht, sie zu unterbrechen, auch wenn sie mir von Lionel hier und Lionel da erzählt, Lionel, der einen so schönen Ledermantel hat (Leder würde mir nicht stehen), Lionel, der einen so geheimnisvollen Blick hat, wenn er eine Zigarette raucht (ich habe das Rauchen noch nie gut vertragen), seine strahlenden Augen, genau, die haben Natascha vom ersten Augenblick an fasziniert, ja verwirrt, du verstehst schon. Nicht so wirklich, aber was soll's, und in diesem Augenblick bemerke ich Émile, der das Kaufhaus verlässt. Heute Abend bleibt er also nicht hier bis wer-weiß-wie-spät, um zu lesen oder Fotos zu machen. Durch die Scheibe hindurch begegnen sich unsere Blicke, er nickt mir zu und hebt dann mit fragendem Blick seinen Daumen, als wollte er wissen, ob die ganze Sache gut läuft. Ich zucke leicht mit den Schultern. »Aber Schluss jetzt, ich will dich nicht stundenlang mit meinen Geschichten langweilen, erzähl mir doch ein bisschen von dir, Charlie, wie sieht es bei dir in dieser Hinsicht aus?« Da ist sie also schon, die unangenehme Frage. Ich stottere eine Antwort, ich weiß nicht so recht. »Aber gibt es denn kein Mädchen, auf das du stehst, ein Mädchen, das dir gefällt? Ein Mädchen, in das du heimlich verliebt bist?« Und jetzt, wo ich ihre unglaublich sanfte Stimme höre und ihren herzförmigen Mund vor mir sehe, der sich zu einem schelmischen Lächeln verzieht, durchfährt ein Kribbeln meinen ganzen Körper. Wieder stammele ich, ich weiß nicht so recht. »Aber es gibt doch sicher ein Mädchen, dem du gefällst! Wenn das so ist, dann musst du deine Chance nutzen!« Und ich, ich sage ihr, dass ich den Mädchen nicht gefalle. »Aber was erzählst du denn da! Du bist so nett, so aufmerksam! Du bist absolut der Typ Junge, mit dem die Mädchen gerne ausgehen wollen!« Und da werde ich, das glaube ich zumindest, ein wenig rot. Nun ja, da kann ich ihr leider nicht zustimmen. Ich trinke einen Schluck von meinem Tee, der inzwischen einen scheußlich bitteren Geschmack angenommen hat, ich hätte den Beutel wirklich früher herausnehmen müssen.

Als wir das Café-Restaurant verlassen, ist es bereits dunkel. Dabei sind wir gar nicht lange geblieben. Zum Abschied gibt sie mir ein Küsschen. Ich sehe ihr nach, wie sie davongeht. Sie dreht sich noch einmal um. Als sie sieht, dass ich ihr nachblicke, winkt sie mir noch einmal zu. Dann setze ich mich endlich auch in Bewegung und mache mich langsam auf den Weg. In die andere Richtung. Damit sie nicht glaubt, dass ich sie beobachten will. Beim Gehen drehe ich mich noch einmal um. Ich sehe sie noch, aber sie ist bereits ein ganzes Stück entfernt. Ganz allein auf der leeren Straße. Im Grunde ist es gar nicht so schwer, mit einem Mädchen auszugehen. Es reicht eigentlich schon, wenn man im richtigen Augenblick nickt oder lacht. Am Schluss hat sie mir zum Abschied immerhin ein Küsschen gegeben, allein dafür hat es sich schon gelohnt.

Heute habe ich die Eismaschine kaputt gemacht. Ich habe mich beim Aufräumen beeilt, um schnell zu Émile in die nullte Etage zu kommen wie jeden Mittwoch, und da habe ich nicht aufgepasst. Auf jeden Fall ist die Maschine jetzt hin. Wenn ich »die Maschine« sage, dann meine ich den Metallschacht, über den das Scherbeneis in die Thekenauslagen rutscht, wo wir die Fische dann jeden Morgen hübsch drapieren. Abends müssen wir diesen Metallschacht wieder einfahren, das heißt, es gibt ein Rollsystem, das man anschalten muss, und dann fahren die Eisschächte nach oben oder wieder nach unten. Die Schächte kommen von der Decke herunter, das ist ein wenig so wie Schnee, der vom Himmel fällt, ist ja logisch. Hergestellt wird das Eis in großen Geräten, die aussehen wie die Gasboiler in den Badezimmern von früher. Und um also die Metallschächte wieder zurückzufahren, muss man eben an einer Schnur ziehen, die eine Art Hebel in Bewegung setzt, und da habe ich zu fest dran gezogen, und es gab ein lautes Getöse. Der Schacht knallte herunter auf die Theke. Natascha fuhr zusammen. Wir waren die beiden Letzten in der Abteilung, sie fragte mich: »Alles klar, Charlie?«, aber natürlich war gar nichts klar bei mir. Ich bat sie, den Schacht zu halten, während ich versuchte, das aus der Führung gesprungene Metallteil wieder richtig zu platzieren. Aber der Schacht war verflixt schwer, und es gelang mir nicht. Ich hörte, wie Natascha durch meine Schuld ächzte, weil sie diesen Schacht hochhalten musste, und dann fingen meine Hände auch noch an zu zittern. Am Ende habe ich zu ihr gesagt, was soll's. Ich habe einen Zettel für Monsieur Giordino geschrieben. Ich habe ihm geschrieben, dass es mir wirklich leidtut, dass nun er den Schaden beheben muss, weil ich morgen ja nicht arbeite. Und natürlich stelle ich mir vor, dass ich gefeuert werde, dass er fuchsteufelswild wird, und für einen Augenblick gerate ich ein wenig in Panik. Auch deshalb, weil noch die ganze Abteilung aufgeräumt werden muss und die Lichter bereits ausgegangen sind. Émile ist in der Abteilung aufgetaucht. Er hilft mir, die letzten Fische in die Kisten zu verfrachten, zu dritt sind wir schnell fertig. Natascha wäscht die Salatbestecke der Selbstbedienungstheke ab, während ich schnell noch einmal den Boden wische, der morgen sicher voller Eis sein wird.

Heute Nacht werde ich wegen der ganzen Sache nicht schlafen können.

Wo ich gerade beim Schlafen bin: In letzter Zeit habe ich seltsame Träume gehabt, ich meine Träume mit Fischen. Sieht ganz so aus, als könnte ich es nicht aus dem Kopf bekommen, dass ich den ganzen Tag über welche ausnehme. Ich träume, dass ich an den Fischteichen bin, ich sehe ein rotgoldenes Licht wie das einer Weihnachtskugel und versuche, es zu greifen, aber meine Hände sind glitschig. Schließlich packe ich mit festem Griff zu und ziehe einen Fisch aus dem Wasser. Aber er ist ganz warm, glühend heiß sogar, ganz anders als die Fische im Kaufhaus, wo sie ja tot sind und kalt wegen der Konservierung. Also in meinem Traum, da ist der Fisch schön und so heiß, dass er mir beinahe die Hände verbrennt, und ich tue alles, damit er mir nicht wegrutscht, ich halte ihn fest und schlage ihn am Ende gegen einen Stein am Ufer, damit er aufhört zu zappeln, und in dem Augenblick verwandelt sich der Fisch in mein Herz, das ich in der Hand halte, und ich werde wach. Ich weiß nicht, was das zu bedeuten hat, ob ich vielleicht das Herz eines Fisches habe oder etwas anderes. Aber es ist auf jeden Fall seltsam, dass die Fische mich sogar in meinem Bett heimsuchen.

Als ich an diesem Abend nach Hause komme, sage ich mir, dass es wirklich ein ziemlich blöder Zeitpunkt ist, um die Eismaschine kaputt zu machen, vor allem weil Weihnachten vor der Tür steht und auch wegen dem, was heute Morgen los war: Unmittelbar bevor das Kaufhaus öffnete, erschien der Geschäftsführer auf unserer Etage zu einer Ansprache. Monsieur Werner war total durch den Wind. Ich habe ihn noch nie so gesehen, normalerweise stolziert er herum wie ein eitler Gockel, schließlich leitet er die Weinabteilung und ist der Chef der gesamten Lebensmittelabteilung. Aber heute Morgen kam mir Monsieur Werner eher wie eine niedergeschlagene Ente vor. Auf jeden Fall mussten wir, also alle Angestellten der Etage, eine halbe Stunde früher aufstehen, um zur Arbeit zu gehen und rechtzeitig mit allem anzufangen, weil alles vor dieser verflixten Ansprache fertig sein musste. Monsieur Giordino war nicht da, nur Juju, Angela und ich, und wir stellten uns hinter die Kasse an der Selbstbedienungstheke. Zwischen all den leeren Tischen und Stühlen standen also der Geschäftsführer und Monsieur Werner im Anzug vor einem Flipchart, auf dem viele Zahlen zu sehen waren und ganz oben die Worte: »Kommunikationsstrategie zum Jahresende«.

Monsieur Werner fing an zu schwafeln, er hielt uns eine Moralpredigt, er redete zuerst darüber, dass alle Kaufhäuser in allen anderen Städten besser sind als wir, weil wir nur 10,4 Millionen Umsatz bei den Lebensmitteln gemacht haben, und dass das, nun ja, dass das nicht ausreicht, um die freundlichen Herren zu bezahlen, die durch ihre Investitionen dieses Kaufhaus überhaupt möglich gemacht haben, und dass diese Herren jetzt endlich ein wenig Geld verdienen und Gewinn machen wollen. Da flüsterte mir Juju ins Ohr, dass es vielmehr er selber ist und der Geschäftsführer, die am Ende des Jahres ihren Bonus erhalten möchten. Es braucht nur wenig Anstrengung, sagte Monsieur Werner, um den Umsatz auf das Doppelte zu steigern. Der Rekord des Vorjahres muss übertroffen werden, man muss sich einfach immer weiter steigern, immer besser werden, und das alles mit einem Lächeln im Gesicht. Es reicht schon, sagte Monsieur Werner, wenn jeder Kunde, der das Kaufhaus betritt, zwei Franken mehr ausgibt – das wäre schon ein Sieg, das würde den Gewinn um zwei Millionen steigern. Er, Monsieur Werner, wird uns nun den Schlüssel zum Erfolg verraten. Zunächst einmal muss man immer freundlich grüßen, das ist das Wichtigste, das Wichtigste, das Wichtigste. Man muss einen schönen Tag wünschen und dabei ein Lächeln aufsetzen, und dann muss man vor allem wissen, wo was in unserem Kaufhaus ist. Das ist das Wichtigste, das Wichtigste, das Wichtigste. Man muss sich irgendwann einmal ein bisschen Zeit nehmen, um alle Abteilungen zu erkunden. Na klar, als hätte man sonst nichts zu tun außerhalb der Arbeitszeit. Außerdem stellen sie dauernd alles um, in der einen Woche ist das Tomatenmark im ersten Gang links, und in der Woche darauf ist es im vorletzten Gang rechts. Monsieur Werner überließ dann dem Geschäftsführer das Wort, der uns sagte, dass das nächste Jahr im Zeichen gewaltiger Veränderungen stehen würde. Angela flüsterte mir zu, dass er das jedes Jahr sagt.

Der Geschäftsführer erklärte zwar, dass Monsieur Werner bereits alles gesagt hätte, setzte dessen Rede dann aber doch fort. Ich für meinen Teil dachte an die Fische, die noch in den Kisten, aber außerhalb der Kühltheke herumlagen und die man eiligst auf Eis betten sollte, aber nun gut, das schien den Geschäftsführer offenbar nicht sonderlich zu beunruhigen. Er fragte uns: »Sind Sie hungrig?« Wir sahen ihn einigermaßen ratlos an. Ich hätte ihm gern gesagt, dass ich nicht gefrühstückt hatte, dass es aber trotzdem ganz in Ordnung sei. Angesichts unseres Stillschweigens holte er jetzt aus und verkündete, dass man geradezu ausgehungert sein müsse. Ausgehungert im Hinblick auf die Lust zu verkaufen. Was tut man denn, wenn man hungrig ist? Man tut alles, um sich etwas zu essen zu besorgen, man geht einkaufen, so, und genau das gleiche Verhalten muss man auch bei seiner Arbeit an den Tag legen, man muss hungrig nach Arbeit sein, hungrig danach, Umsatz zu machen! Auch wenn die Pausen nicht bezahlt werden und die Arbeitstage zehn Stunden dauern, aber nur acht davon bezahlt werden wegen der Stempeluhr, murmelte Juju. Der müsste nur mal einen einzigen Tag hier arbeiten, der Geschäftsführer, dann würde er schon sehen, ob es so einfach ist, hungrig nach Arbeit zu sein. Weiß er überhaupt, was es heißt, hungrig zu sein, hmm? Würde er dann weiterhin anordnen, dass man die ganzen nicht verkauften Lebensmittel wegwirft – was natürlich niemand mitbekommen soll, weil das nicht gut aussieht? Es macht ja auch echt Spaß, die Kunden zu begrüßen, selbst den siebenundzwanzigsten, der nicht antwortet oder gerade mal ein »Nein danke, ich schaue nur« herausbringt und dabei ein Gesicht macht, als hätte man ihm gerade seinen Tag verdorben. Ich würde ihn gern einmal sehen, den Geschäftsführer, wie er die Hände dieser Missmutigen schüttelt.

Daher muss ich zugeben, dass diese Ansprache mich doch tatsächlich ein wenig wütend gemacht hat, vor allem als der Geschäftsführer am Ende sagte, dass er, um auf diese Veränderung hinzuwirken, noch heute mit einem Kreislauf beginnen würde – ja, ja, wir hatten richtig gehört, noch heute würden alle, außer den Abteilungsleitern, ihre Stelle wechseln. Ich fand mich in der Abteilung Obst und Gemüse wieder.

Ich musste Kisten mit Radieschen, Zucchini, Rüben und Mangoldstängeln herumschleppen. Die nicht so schönen Stücke musste ich auslesen und nach ganz unten sortieren. Obenauf sollte ich die saftigsten, reifsten, dicksten Exemplare legen. Die Kisten sollen überquellen, so hat es mir Tariq erklärt, der sich um die Abteilung kümmert. Der Kunde soll in einem Gefühl des Überflusses schwelgen, hat er mir gesagt. Tariq, der ist neu hier. Er kommt aus Ägypten und war dort Chef eines großen Restaurants, aber sein Abschluss wird hier nicht anerkannt. Er wird nicht angemessen bezahlt, und außerdem haben sie ihm keine volle Stelle gegeben, sondern nur achtzig Prozent, sodass er durchschnittlich nur fünfunddreißig Stunden in der Woche arbeitet. Er ist nicht wirklich zufrieden damit, denn er wollte mehr arbeiten, weil er verheiratet ist, und so kann er gerade eben die Rechnungen für sich und seine Frau bezahlen.

Tariq kennt seine Produkte ganz genau. Man muss nur einmal sehen, wie er von einem Kürbis spricht oder wie er eine Aubergine begutachtet. Hätte ich doch nur seine Erfahrung in meinem Bereich. Aber er sagt mir, dass das mit der Zeit schon kommt und dass es vor allem anderen wichtig ist, dass man liebt, was man tut.

Nachdem Tariq mir gezeigt hat, wie ich die Waren in der Abteilung aufbauen soll, lässt er mich allein, denn er ist den Fleischwaren zugeteilt worden. Ich wünsche ihm viel Glück, weil es mit Louis dort kein Honigschlecken sein wird. Ich habe mir ganz schön Mühe gegeben, um alles in der Abteilung gut aufzubauen, das hat ziemlich viel Zeit in Anspruch genommen. Monsieur Werner hat mich gelobt: »Das sieht heute aber ausgesprochen verlockend aus, bravo, Monsieur Fischer.« Das hat mich mehr aufgeregt als alles andere, zunächst einmal wegen Tariq, der normalerweise nie Komplimente erhält, und außerdem hätte ich nach einer solchen Rede wie heute Morgen gut darauf verzichten können.

Am Nachmittag bin ich in die Fischabteilung zurückgegangen. Wir haben Anfang Dezember, Monsieur Giordino sagt, dass wir im Augenblick in puncto Umsatz bei hundertsiebenundzwanzig Prozent im Vergleich zum Vorjahr liegen, was ein sehr gutes Ergebnis ist. Es sieht so aus, als wären wir die beste Abteilung, besser als die Fleischwaren. Gut gemacht. Léon hat auch nicht schlecht abgeschnitten mit dem Käse und den Wurstwaren. Unsere Abteilungen kommen gut miteinander aus. Neulich abends habe ich zu Léon gesagt, dass ich den Rollwagen mit den ganzen Abfällen in die nullte Etage bringe, und da ist er für mich gegangen. Er hat gesagt, dass es normal ist, dass man sich bei Schinken und Fisch gegenseitig hilft.

Während dieses Vormittags bei Obst und Gemüse ist mir etwas aufgefallen. Ich musste in ihren Kühlraum gehen und auch in den von den Backwaren, um dort eine Kiste Äpfel und Birnen für die Tartes an der Selbstbedienungstheke abzustellen. Und, na ja, jeder Kühlraum hat seinen eigenen Geruch. Der Kühlraum der Fischabteilung, der riecht nach dem Meer und nach Chlorbleiche, vor allem wenn man dort gerade sauber gemacht hat. Der Kühlraum der Backwaren verströmt einen Geruch von gefrorenem Mehl, das mag ich gern, es ist ein bisschen wie beim Benzingeruch, am Anfang könnte man glauben, dass es stinkt, aber wenn man sich daran gewöhnt hat, wird man beinahe süchtig danach. Allein schon wegen des Geruchs im Kühlraum muss es schön sein, bei den Backwaren zu arbeiten. Aber natürlich muss man immer mitten in der Nacht aufstehen. Und außerdem muss man ziemlich aufmerksam sein, die Temperaturen, die Backzeiten, das Kneten des Teiges, es ist ein anspruchsvolles Handwerk …

Mit den Fischen, da muss man auch aufpassen, ich meine, ja, es hat etwas Grobes, sie aufzuschneiden, aber mit der Zeit macht man es mit Hingabe und entwickelt eine gewisse Routine. Der Fisch ist nicht irgendwer, ein Kunde hat mir neulich gesagt, dass Fischarten mehr Unterschiede hinsichtlich ihres genetischen Codes haben als menschliche Wesen, also gibt es eigentlich einen größeren Unterschied zwischen einer Dorade und einer anderen Dorade als zwischen dem Kunden und mir. Das hat mich doch wirklich verwirrt, denn die Fische sehen sich irgendwie alle ähnlich, und man geht ja eher nicht davon aus, dass jeder einzelne von ihnen vielleicht eine eigene Persönlichkeit hat.

Ich weiß nicht, warum, aber als ich das einem Kunden sagte, musste er lachen, aber im Grunde stimmt es doch. Warum denken alle immer, dass ein Fisch dumm ist? Und gleichzeitig behauptet man, dass es intelligent macht, wenn man Fisch isst! Das soll mal einer verstehen. Dabei steht eines auf jeden Fall fest, und das sage ich den Kunden auch oft: Fisch ist gut für die Gesundheit, vor allem die fetten Fische wie Lachs, Makrele, Forelle oder auch Sardellen oder Sardinen. Und zwar sind die deshalb so gesund, weil ihr Fett voller Omega-3 steckt. Das scheint schwer in Mode zu sein und setzt Serotonin frei, das ist etwas Chemisches, das gute Laune macht, Alzheimer verzögert und gut für das Herz ist. Die Kunden mögen es, wenn ich das sage, vor allem die alten Damen.

Sie sind also nicht alle böse, die Kunden. Manche kenne ich allmählich schon ein bisschen und fühle mich ihnen irgendwie verbunden. Wir haben unsere Stammkunden. Mit ihnen rede ich immer ein wenig, ich glaube, sie mögen mich gern. Manche sagen mir, dass ich nett bin, und das ärgert mich, weil alle mir sagen, dass ich nett bin.

Für Natascha bin ich nett, für Émile bin ich nett, für die Kunden bin ich nett, ich bin also der nette Charlie. Ich müsste irgendwie ein bisschen böse werden, aber ich weiß nicht, wie und wo ich damit anfangen soll. Nur einmal böse sein.

Ich habe mit Émile heute Abend darüber geredet, in der nullten Etage. Also nachdem ich die Eismaschine kaputt gemacht hatte. Ich habe ihm total beunruhigt von der Maschine erzählt, und er hat gesagt:

»Du musst wirklich aufhören, immer die Schuld bei dir zu suchen, Charlie. Das war nicht dein Fehler!«

Er hat noch hinzugefügt, dass die Maschine mit Sicherheit schon defekt war, genau, und dass ich nichts dafür kann, dass ich nichts falsch gemacht habe, dass es einfach idiotisch ist, so mit mir zu hadern. Ich habe ihm gesagt, dass ich es komisch finde, wie die Leute glauben, wer nett ist, muss zugleich ein Idiot sein. Bei einem Kind ist es genau andersherum: Wenn es böse ist, wenn es eine Dummheit begangen hat, wie man so sagt, dann wird es bestraft. In der Welt der Erwachsenen scheint sich das irgendwie umzukehren. Die Gerissenheit wird als die allergrößte Intelligenz angesehen.

»Wenn jemand gerissen ist, dann ist das aber auch etwas Schlechtes.«

Ja, vielleicht sollte ich wirklich aufhören, nett zu sein, oder zumindest aufhören, es zu zeigen und den Leuten auf den Leim zu gehen und ihnen immer zu Diensten sein zu wollen, ich weiß sehr wohl, dass sie das ausnutzen. Klar, man kann ihnen die Schuld geben, oh was sind das nur für Bösewichte, aber im Grunde haben sie recht. Ich bin der Idiot, ja ich.

»Weißt du, Charlie, am intelligentesten ist vielleicht derjenige, der sich nicht darum schert, ob er für einen Idioten gehalten wird oder nicht.«

An dem Tag, an dem ich derjenige bin, der die Fäden in der Hand hält, der die Befehle gibt, da werde ich dann vielleicht Nataschas Interesse wecken. Vielleicht ist das sogar der springende Punkt: Um ihr Interesse zu wecken, darf ich mich nicht sonderlich darum scheren.

Ich stoße einen tiefen Seufzer aus.

»Was ist los, Charlie?«

Das ist alles so deprimierend, so uferlos. Man muss sich mehr auf Kleinigkeiten konzentrieren. Wenn zum Beispiel nicht so viele Kunden da sind, werde ich schon genauso putzwütig wie Angela. Ich wische den Boden zweimal anstatt nur einmal, einfach nur, um die Zeit herumzukriegen. Ich bemühe mich, es richtig gut zu machen, und zwar in vier Schritten: Zuerst schütte ich Wasser mit Putzmittel überall auf den Boden um die Theken herum, anschließend schrubbe ich mit dem Schrubber, um alles gut zu reinigen, dann gehe ich mit dem Wasserstrahl ans Werk, um den Schaum wegzuspülen, und zuletzt nehme ich den großen Wasserschieber aus Gummi, der so aussieht wie die Geräte zum Säubern der Schneidetische, auf denen wir die Fische zerlegen, oder wie diese Abzieher für Wandtafeln. Damit schiebe ich das Wasser in das Gitter am Boden unter den Theken, aber das kann schiefgehen, weil der Abfluss oft verstopft ist, dann kommt das Wasser wieder heraus, und das ist die Hölle, denn es stinkt. Ich hebe dann das Gitter hoch und schiebe alles in den Hauptabfluss ganz hinten, der alles schluckt, das Wasser, das Blut, die Fischstücke und die Seifenblasen. Der Hauptabfluss führt bis in die nullte Etage hinunter und auch noch viel weiter. Ja, den Boden zu wischen und alles in den Hauptabfluss zu befördern, das hilft mir dabei, nur noch an eine Sache zu denken und an nichts anderes.

Émile sieht mich an und lächelt. Ich bin von unserem Gespräch über die Nettigkeit zu einem Monolog über die Bodenreinigung in der Fischabteilung gelangt.

»Und was ist mit Angela, glaubst du, dass sie die ganze Zeit putzt, weil sie sonst zu viel denkt?«

Vielleicht. Die Welt der Kaufhäuser ist doch einfach verrückt. Die ganze Zeit gibt es eine unüberbrückbare Distanz zwischen dem Kunden und uns, zwischen dem, was er sieht, und dem, was wir sehen, die wir innen drinnen sind. Er sieht einen hübschen, ganz frischen Fisch. Wir dagegen sehen seine Eingeweide, sehen die total klebrigen, vor Blut triefenden Handschuhe. Er sieht eine total schöne Abteilung, wir aber sehen das Wasser auf dem Boden, die Abflüsse, die verstopfen, weil die Knochen nicht hinuntergespült werden oder Fischgerippe feststecken.

»Wir sehen die bis oben hin gefüllten Container. Soll ich dir das treffende Wort dafür nennen, das genau das alles beschreibt? Es ist das Adjektiv ›steril‹. Das sieht nach außen hin schön aus, aber wenn du ein wenig daran kratzt, dann stößt du auf das Eklige.«

So wie das Lächeln der Angestellten nichts als Heuchelei ist, was man in der Kaffeepause dann schön sehen kann. Eine Heuchelei, die beinahe ebenso sehr stinkt wie der Abfluss in der nullten Etage, wie der Gestank der Abwasserleitungen.

Zu Hause ging ich gleich ins Bett, aber es gelang mir nicht einzuschlafen. Zum Teil musste ich immer noch an die kaputte Maschine denken, und außerdem ging mir auch unser Gespräch noch durch den Kopf. Als ich schließlich doch wegdämmerte, holte mich die Fischwelt erneut ein. Ich träumte von einem Choral der Fische unter Wasser, dieses Mal besaß ich Kiemen, und Angela war eine Sirene, und es gab ganz viele Fische, die sich um uns herum versammelten und mit klangvoller Stimme sangen. Am Ende veränderte sich der Gesang jedoch zu einem seltsamen Geschrei, und die Fische verwandelten sich. Vor meinen Augen wurden sie zu den Leitern des Kaufhauses, Monsieur Blazer war da, Monsieur Werner und auch der Geschäftsführer, der ein Schwertfisch war und der mit seinem dicken Schwert auf mich losging, und ich, ich lief davon, ich lief und lief, und da bin ich aufgewacht.

Ich stehe in aller Eile auf und gehe, noch bevor das Kaufhaus öffnet, zu Monsieur Giordino, um mich wegen der Eismaschine zu entschuldigen. Aber anstatt mir Vorwürfe zu machen, beglückwünscht er mich zu meinem guten Umsatz. Er sagt zu mir, dass es nicht schlimm ist, dass die Maschine schon seit zwei Tagen im Eimer war und dass ich lediglich seine behelfsmäßige Reparatur kaputt gemacht hätte, mit der er nur die Zeit habe überbrücken wollen, bis der technische Dienst sich darum kümmert. Der wird sich heute alles ansehen. Kein Grund, sich Sorgen zu machen.

An diesem Samstag sind mehr Kunden als jemals zuvor im Kaufhaus. Wir sind total gestresst, rennen ständig hin und her, die Zeit vergeht wie im Flug, und ich weiß, dass ich total erledigt sein werde, wenn ich später nach Hause komme. Nach einem solchen Samstag dusche ich manchmal nur noch und schlafe dann zwölf Stunden am Stück. Seit einigen Tagen habe ich verteufelte Rückenschmerzen. Das kommt daher, dass ich die Kühlboxen herumschleppe, den Schwertfisch zerschneide, hierhin und dorthin renne, mich bücke, um alle Winkel der Fischabteilung zu reinigen, und dass ich am nächsten Tag wieder von vorne anfange und am übernächsten auch und in der nächsten Woche auch und in der danach ebenfalls und immer so weiter.

Der Samstag ist ein Tag, an dem sehr viele Stammkunden kommen. Denen, die ich besonders gern mag, gebe ich immer ein wenig Fisch umsonst mit, ein oder zwei Jakobsmuscheln hier und da, das finden sie gut, und so kommen sie wieder. Ein Paar, das auch ziemlich oft kommt, nenne ich »Monsieur und Madame Perfekt«, weil das so gut zu ihnen passt. Sie sind beide groß und schön wie Venus und Apoll. Und sie lächeln immer und sind so freundlich, dass es beinahe nicht zum Aushalten ist. Eine andere Frau erzählt mir immer aus ihrem Leben, wenn sie am Dienstag um siebzehn Uhr dreißig und am Freitag um elf Uhr vorbeischaut. Dann kauft sie Fisch, weil ihre Tochter zum Essen kommt. Ihre Tochter ist dreißig Jahre alt. Sie ist seit zwei Jahren verheiratet, aber sie hat keine Kinder. Was soll man machen, ich glaube, sie versucht es, aber es klappt nicht, und das ist doch ganz schön blöd, oder? Wenn man bedenkt, dass es Leute gibt, bei denen es einfach so klappt, ein Unfall, peng, passiert! Und dann wieder andere, die sich abmühen, und es klappt nie … Sie hört gar nicht mehr auf, sie redet und redet immer weiter darüber, bis ein zweiter Kunde auftaucht und sie etwas schief ansieht, um ihr zu bedeuten, dass er schließlich nicht den ganzen Tag Zeit hat, also wirklich.

Ich wiederum denke die ganze Zeit über meine Plastikhandschuhe nach, die ich nicht mehr tragen mag. Man hat überhaupt kein Gefühl mit diesen Dingern, und wenn sie durch die Fische erst einmal nass sind, rutscht man ab, wenn man nach den Plastiktüten greift. Außerdem gibt es nur zwei Größen, M und L. Die Größe M ist für mich zu eng, und L ist zu weit. Ich muss seltsame Hände haben, aber solche Dinge sucht man sich schließlich nicht aus.

Die Kunden sind gut drauf, man spürt, dass das dreizehnte Monatsgehalt bald ansteht, weil sie im Augenblick nicht groß nachrechnen. Es ist ungefähr so wie vor und nach dem 27. eines normalen Monats. Nach der Lohnzahlung sind die Kunden großzügig, sie sagen: »Fünfhundert Gramm Seeteufel, wenn es ein wenig mehr ist, macht das nichts.«

Aber vor der Lohnzahlung, da heißt es eher: »Fünfhundert Gramm Seeteufel«, und wenn sie dann den Preis für vierhundertfünfzig Gramm sehen, sagen sie: »Ach, wenn ich es recht bedenke, machen Sie lieber dreihundert Gramm.«

Die Kunden sagen mir auch oft, dass alles zu teuer ist, und ich, na ja, ich antworte dann, dass ich nichts dafür kann, dass ich die Preise nicht mache. Wenn ich könnte, würde ich ihnen alles schenken. Nicht nur die kleinen Dreingaben, die ich bereits verteile: Fische, Krustentiere, Räucherlachs, alles geschenkt. Aber das verstehen sie dann offenbar auch wieder nicht. Man könnte meinen, dass der Kunde immer den Eindruck hat, man sei gegen ihn. Es ist wie ein Kampf, der schon seit ewigen Zeiten geführt wird. Er nimmt die Position des Gegenspielers ein. Des Jägers. Um den Kabeljau zu fangen, muss er erst einmal dessen furchterregendem Hüter gegenübertreten: dem Fischverkäufer. Er muss die richtigen Worte finden, er muss Entschlossenheit an den Tag legen – um nicht hereingelegt zu werden –, und gleichzeitig muss er freundlich bleiben, um das beste Stück zu ergattern. Kunde sein, das will gekonnt sein.

Ich versuche, ihnen Vertrauen einzuflößen, ich lächele. Es gibt Kunden, die sehr anspruchsvoll sind, die komplizierte Dinge verlangen und wollen, dass alles sofort fertig ist, wie diese Frau, die Steinbuttfilets verlangte und nur fünf Minuten Zeit hatte. Ich hätte ihr am liebsten gesagt: »Filetier dir deine verfluchten Stücke doch am besten selbst!«, aber natürlich kann ich das nicht sagen, weil es eben auch gekonnt sein will, Fischverkäufer zu sein, und es gibt sehr genaue Regeln, nicht nur technischer Art, sondern auch andere. Wie nennt Monsieur Werner das noch so schön? Ach ja, »Berufsethos«. Auf jeden Fall habe ich mich natürlich mit den Messern an dem Steinbutt verkünstelt, der nämlich ein sehr zarter Fisch ist, und ich habe sie vollkommen verpfuscht, ihre Filets. Also hat sie schließlich Rotzunge genommen, ehrlich gesagt, eine viel bessere Wahl! Aber nach ihrem Gesichtsausdruck zu urteilen, musste man annehmen, dass ich sie aller Hoffnungen beraubt hatte, die sie jemals ans Leben gehabt hatte.

Es ist übrigens so, dass ich nach achtzehn Kunden, die nicht »Auf Wiedersehen« oder »einen schönen Tag noch« sagen, wenn man ihnen ihr vakuumiertes Päckchen mit dem Fisch reicht, dem neunzehnten, der mich anlächelt und mich dann anspricht, um irgendetwas Banales zu sagen, vor Freude um den Hals fallen könnte. Es tut einfach gut zu spüren, dass man existiert. Dass man etwas anderes ist als der Hüter einer verlockenden Beute. Etwas anderes als eine Maschine, eine Ausgabestelle, ein Automat. Manchmal habe ich den Eindruck, als betrachteten die Kunden uns, mich und die anderen Angestellten des Kaufhauses, auch als Ware. Immer mal wieder habe ich mich gefragt, ob irgendwann ein Kunde auftaucht, mit dem Finger auf mich weist und Monsieur Giordino fragt: »Und der da, was kostet der denn?«

Ben, der Neue in der Käseabteilung, hat ein Auge auf Natascha geworfen, das ist offensichtlich. Und ganz schön dreist. Er sollte sich lieber für die Neue bei den Fleischwaren interessieren! Natürlich sieht sie immer ein bisschen aus, als wäre sie halb am Schlafen, sie trägt eine Brille, hinkt ein wenig und hat noch Pickel auf der Stirn, weil sie erst im zweiten Ausbildungsjahr ist, aber ganz ehrlich: Wie alt ist Ben denn selbst, zwanzig, einundzwanzig höchstens!

Er weiß meinen Namen nicht mehr, Ben, meine ich. Er traut sich nicht, mich noch einmal zu fragen, und ich nutze das aus: Jedes Mal, wenn ich ihm über den Weg laufe, sage ich: »Guten Tag, Benjamin«, »Hallo, Benjamin«, »Alles klar, Benjamin?« Ich füge immer seinen Vornamen hinzu, und ich sehe, dass es ihn ärgert, nicht auf die gleiche Art antworten zu können. Einmal wollte er mich reinlegen: »Du kannst mich ruhig ›Ben‹ nennen, weißt du, alle nennen mich so«, und dann fügte er noch hinzu: »Und du, hast du auch einen Spitznamen?« Da bin ich nicht darauf eingegangen, haha, denkste. Allerdings hat Natascha irgendwann meinen Namen ausgeplaudert, als er auch da war und sie mir zurief, dass ich zu ihr herüberkommen und den Fontina probieren sollte, den sie gerade direkt von einem Erzeuger aus dem Aostatal geliefert bekommen hatten. Es war ja abzusehen, dass das mal passiert.

Heute Morgen, als ich auf dem Weg zur Kantine war, um dort Pause zu machen, und schon ausgestempelt hatte, hat mich ein Kunde gefragt, wo sich die Fischbrühe befindet. Peinlicherweise habe ich das zuerst mit der Fischsuppe verwechselt. Wir haben nämlich auch Dosen mit Fischsuppe und auch Langustinensuppe, also habe ich ihm eine falsche Stelle genannt, und dann habe ich gedacht, die Brühe stünde bei den Terrinen, weil wir auch Fischterrinen oder Sardinenrillette haben. Und erst danach ist mir eingefallen, dass der Gang mit den Brühwürfeln am anderen Ende der Lebensmittelabteilung ist, neben den Gewürzen, dort, wo auch die Mayonnaise mit dem roten

Pfeffer steht. Die Kunden fragen häufig, wo sie diese Mayonnaise finden, aber jetzt war offenbar schon wieder alles umgestellt, denn die Brühe stand nicht mehr unten, sondern weiter oben, und deshalb konnte ich ihm nicht weiterhelfen, und ich stand da wie ein Vollidiot und suchte mit dem Kunden, bis natürlich der Geschäftsführer vorbeikommt, und zwar genau in dem Augenblick, als ich zu dem Kunden sage, tut mir leid, Monsieur, aber ich weiß nicht, wo sie steht, und dann sagt er zu mir, ich meine der Geschäftsführer, der sagt zu mir, wie kann das denn sein, dass Sie das nicht wissen, und er ruft Monsieur Werner mit seinem Handy an, und dann ist Monsieur Werner aufgekreuzt und hat mir gezeigt, dass die Brühe jetzt oben steht und nicht mehr unten.

Warum sieht mich der Geschäftsführer auch immer nur in den falschen Augenblicken, ganz ehrlich. Jedenfalls hat die ganze Sache reichlich Personal in Anspruch genommen – vom Direktor bis zum Fischverkäufer. Aber zu viert haben wir den Artikel für den Kunden ja schließlich gefunden.

So, danach saß ich in der Kantine ganz allein und trank einen frisch gepressten Orangensaft aus dem Restaurant des Kaufhauses, den ich mir manchmal in der Frühstückspause kaufe, vor allem am Freitag, weil der Saft wirklich gut schmeckt und ich nicht immer Zeit für ein Frühstück habe, wenn ich um sechs Uhr wach werde und noch ein wenig im Bett herumliege. Ganz allein saß ich also in der Kantine und trank meinen Orangensaft im Nichtraucherbereich. Bei den Rauchern war ein Gespräch im Gange, aber heute hatte ich keine Lust, den Rauch zu ertragen. Ich habe wirklich erwogen, auch mit dem Rauchen anzufangen, aber es war mir zu schwierig. Ich habe ein Päckchen Zigaretten am Kiosk in der ersten Etage gekauft, und dann habe ich es doch Mike gegeben, der raucht wie ein Feuerwehrmann. Als Kind wollte er übrigens Feuerwehrmann werden, hat er mir mal erzählt. Die Redewendung »rauchen wie ein Feuerwehrmann« habe ich eigentlich nie so recht verstanden, darüber habe ich auch einmal mit Émile gesprochen, und er stimmte mir vollkommen zu, denn im Grunde soll ein Feuerwehrmann den Rauch doch bekämpfen, soweit ich weiß. Nun also, ich saß mit meinem Orangensaft und nicht mit einem Kaffee in der Kantine, ich trinke nämlich keinen Kaffee mehr, weil ich in der Zeitung gelesen habe, dass die Kapseln Blei enthalten und dass das sehr schlecht für die Gesundheit ist. Außerdem ist es nicht umweltbewusst, aber ich muss zugeben, dass mir das Umweltbewusstsein schon hin und wieder schnuppe ist, wenn ich müde bin, was soll's? Aber seit ich das in der Zeitung gelesen habe, macht mir der Kaffee tatsächlich Kopfschmerzen, und ich habe das Gefühl, Metall zu trinken. Also habe ich damit aufgehört und trinke eher Orangensaft oder kalten Kakao.

Und jetzt saß ich also mit meinem Saft in der Kantine, als mit einem Mal Natascha hereinkam. Sie hatte eine neue Frisur, was erst einmal einen Schock bei mir ausgelöst hat, ich hatte sie noch nie mit kurzen Haaren gesehen. Zwei oder drei Sekunden lang habe ich sie bloß angestarrt. Es stand ihr verteufelt gut. Allerdings könnte sie sich auch eine Weihnachtsgans auf den Kopf tackern, sie wäre immer noch die Schönste.

Ich hätte ihr das sagen können, und vielleicht hätte sie das sogar süß gefunden, aber es ist immer das Gleiche, die passenden Antworten bringe ich im wirklichen Leben nie heraus, wenn es darauf ankommt. Schlagfertigkeit ist etwas für die Figuren in einem Buch. Nun, als sie mit ihrem neuen Haarschnitt die Kantine betrat, sah sie wirklich sehr missmutig aus. Sie hat mich nicht sofort gegrüßt, sondern ging schnurstracks zur Kaffeemaschine und brummelte etwas in sich hinein, als diese sich nicht unverzüglich in Gang setzte. Ich habe ihr geholfen, sie hatte ihre Karte, von deren Guthaben der Kaffee abgebucht wird, verkehrt herum hineingesteckt. Ich habe es sofort gesehen, weil mir das anfangs auch oft passiert ist. Während ich auf den Knopf drückte, um den Kaffee durchlaufen zu lassen, habe ich ihr gesagt, dass ihr neuer Haarschnitt ihr unheimlich gut stehe. »Na, wenigstens einer, der ihn bemerkt!«, und dann hat sie hinzugefügt: »Danke, Charlie«, und ich spürte, dass sie angespannt war, deshalb habe ich sie gefragt, ob es ihr nicht gut ginge, und sie hat geantwortet: »Mit Lionel läuft es nicht gut.«

Ich muss zugeben, dass ich da im siebten Himmel schwebte, wie man so sagt, aber ich wollte es natürlich nicht zeigen. Ich habe gesagt, oh, das tut mir leid, was läuft denn nicht gut? Und dann hat sie mir gesagt, dass er ein totales Arschloch ist. »Ich weiß nicht, was mich geritten hat, Charlie, warum falle ich immer auf solche Trottel herein?« Und da hätte ich ihr antworten können, dass es vielleicht daran liegt, dass sie ihre Augen nicht aufmacht, dass vielleicht genau vor ihrer Nase, na ja, ein Lehrling aus der Fischabteilung steht, der davon träumt, sie zu umsorgen, sich um sie zu kümmern, ihr Geschenke zu machen, nach der Arbeit auf sie zu warten und so weiter und so fort. Stattdessen sagte ich, dass, mmh, dass es vielleicht so war, weil… äähh.

Und als sie mich mit einem seltsamen Gesichtsausdruck ansah, während ich herumstammelte, musste ich noch etwas hinzufügen, und so ergänzte ich, dass es vielleicht deshalb so war, weil, ganz gleich, was für ein Typ es auch sein mochte, er einfach immer zu trottlig für sie wäre. Erst hat sie die Stirn gerunzelt. Dann hat sie sich gesetzt und mich aufgebracht gefragt: »Du glaubst also, dass ich zu viel verlange, ist es das?«, und jetzt blieb mir nicht einmal Zeit Nein zu sagen – zu sagen, dass sie einfach zu gut für jeden Dahergelaufenen ist, denn sie fuhr bereits ruhiger fort: »Vielleicht hast du recht, Charlie, danke, dass du mir das gesagt hast.« Sie blieb einen Augenblick lang still sitzen und sah ins Leere, dann sagte sie: »Ja, du hast recht. Im Grunde verlange ich zu viel. Ich muss ihm verzeihen.« Sie hat gelächelt, dann hat sie mich umarmt und mir sogar ein Küsschen auf die Wange gedrückt.

In der vierten Etage gibt es Lautsprecher, deren Kabel ein wenig beschädigt sind und die man daher nicht mehr verkaufen kann. Émile hat sie einfach mitgenommen. Heute Abend läuft auf der nullten Etage seine Musik, und während wir miteinander redeten, hörten wir Brel, der uns beteuerte, dass er uns nicht verlassen wird, und Ferré, der den Anarchismus beschwor. Émile ist ein großer Fan des französischen Chansons. Ich habe ja keine Ahnung davon. Er hat mir Brassens vorgespielt und seine Gitarrenmelodien, Barbara, deren Stimme klingt, als sei etwas in ihr zerbrochen. Offenbar wurde die Aufnahme zu einem Zeitpunkt gemacht, als Barbara bereits alt war, und auch das ist bereits lange her. Ich habe Reggiani kennengelernt, sein Lied von den Wölfen in Paris, seine Texte über Freiheit und Einsamkeit. Er ist ein unglaublich guter Sänger, das lässt sich nicht bestreiten. Wir haben ganz schön viel Musik gehört, die Zeit verging wie im Flug. Dann hat Émile Gypsy-Jazz aufgelegt. So etwas hatte ich nun wirklich noch nie gehört, ein Duo mit einem gewissen Django und einem Geiger, der Grappelli heißt. Ich habe zu Émile gesagt, dass eine solche Musik fröhlich macht. Ich habe immer Geige spielen wollen.

»Und warum hast du es nie gemacht?«, will Émile nun von mir wissen.

Weil das teuer ist, die Musik ist teuer. Um das Thema zu wechseln, frage ich ihn, was eigentlich seine Eltern machen.

»Mein Vater lehrt Literatur an der Universität. Meine Mutter ist Journalistin.«

Er muss umgeben von Büchern, umgeben von Worten aufgewachsen sein. Im Waisenhaus hatten wir keine Bücher auf den Zimmern. Es gab lediglich eine Bibliothek im Zimmer von Madame Thérèse, die uns unterrichtete. Aber ich habe nicht oft Bücher ausgeliehen. Außer Comics. Comics mochte ich sehr gern.

Ich frage ihn, ob er, Émile, ein Instrument spielt.

»Nun ja, ich spiele Geige … Jedenfalls habe ich vor langer Zeit Unterricht gehabt.«

Ich bin ein wenig neidisch. Gleichzeitig bin ich neugierig, ich würde ihn gern spielen hören. Vielleicht könnte er ja seine Geige einmal mitbringen und mir ein Stück vorspielen?

»Das würde ich gern, Charlie, aber ich habe sie nicht mehr. Ich habe die Geige verliehen. Ich habe schon vor Langem aufgehört zu spielen.«

Es ist schade, dass das Kaufhaus keine Geigen verkauft. Es gäbe sicher ab und zu eine, deren Stimmstock bricht und die dann in der nullten Etage landet.

Die Feiertage rücken näher. Das bedeutet, dass wir viel Fisch verkaufen. In einer Woche ist Weihnachten. Und an diesem Montag habe ich erfahren, dass Natascha ihren Freund verlassen hat, ihren geliebten kleinen Lionel. Ich habe sie überrascht, als sie in der Pause Tränen in den Augen hatte. Ich habe sie gefragt, was los ist, ich wusste nicht so recht, was ich sonst tun sollte, vielleicht hätte ich sie in den Arm nehmen oder ihr die Schulter streicheln sollen, ich weiß es nicht, irgendetwas eben. Ich fühle mich immer sehr ungeschickt mit meinen Händen, als wäre ich behindert, wenn es darum geht, zärtlich zu sein.

Es ist verrückt, wenn ich so darüber nachdenke. Ich gebrauche meine Hände öfter dafür, Eingeweide herauszunehmen, als Zärtlichkeiten zu spenden. Das kam mir später am Tag in den Sinn, als Juju einen Aal streichelte – ja, wir haben Aale bekommen, weil Weihnachten jetzt vor der Tür steht, und die Aale sind, auch wenn sie quasi ohnmächtig auf dem Eis liegen, noch lebendig. Heute Morgen bin ich zum Aalmörder geworden für einen Kunden, einen Italiener, der vier Stück haben wollte und verlangt hat, dass ich ihnen den Kopf abschneide. Dabei fließt viel Blut, und alles ist ganz glitschig. Am späten Nachmittag haben wir versucht, einen wieder wach zu bekommen. Juju, Benjamin und ich wollten etwas zum Lachen haben, und wir wollten den Mädchen vom Käse und von der Wurst einen Schrecken einjagen, und so haben wir zwei Aale in eine Wanne mit Wasser gesteckt. Nach einer Weile sind sie wach geworden und begannen herumzuzappeln, das war ziemlich lustig.

Also, Natascha hat Lionel verlassen. Sie hat gesagt, dass er ein Dreckskerl ist, dass ohnehin alle Dreckskerle sind, dass er viel zu eifersüchtig war, dass sie genug davon hatte, immer auf ihn warten zu müssen, dass er es nicht fertiggebracht hat, sie zu überraschen. Ich muss zugeben, dass mir das gefallen hat, aber gleichzeitig hat es mich auch bekümmert ihretwegen, weil, nun ja, einfach so. Ich will jetzt nicht behaupten, dass mich das überrascht hat, es ist schließlich nicht das erste Mal. Jedenfalls hat mein Ratschlag, den ich ihr ja ganz unwillkürlich gegeben hatte, offenbar nicht allzu sehr gefruchtet. Aber nachdem sie mir das alles erzählt hatte, hat sie mich dieses Mal gefragt, ob wir nach der Arbeit nicht eine Kleinigkeit zusammen essen wollten, denn es würde ihr guttun zu reden. Ich war ganz fassungslos über mein Glück und willigte natürlich ein. Ich habe ihr gesagt, dass ich die Sushis aus dem Kaufhaus mitnehmen könnte, die nicht verkauft würden – weil Monsieur Giordino bei den Sushis manchmal einverstanden ist, dass wir sie mitnehmen. Sie sah sehr zufrieden aus. Wir haben uns für acht Uhr bei mir zu Hause verabredet.

Ich war furchtbar aufgeregt. Ich musste ununterbrochen daran denken, und es war verteufelt schwer, sich auf die Arbeit und das Bedienen der Kunden zu konzentrieren. Eigentlich ist es wirklich die reinste Schauspielerei, die wir als Verkäufer betreiben, ganz ehrlich, und das Kaufhaus ist so etwas wie eine Bühne. Die Kunden machen nicht den Eindruck, als würden sie bemerken, dass sich hinter den Angestellten in ihrem Bühnenbild Menschen verbergen, die sich tatsächlich verlieben können, die vor Freude in die Luft springen können. Da fällt mir diese Frau ein, die mir gerade noch vorhin, als ich während meiner Pause in der Schlange an der Selbstbedienungstheke stand und mir das Tagesgericht zum ermäßigten Mitarbeitertarif holen wollte, einen Sack mit fünf Kilo Orangen in die Hand drückte und sagte: »Sehen Sie, da ist eine faule drin«, und ich hatte doch bis zu diesem Augenblick nicht gewusst, dass ich wie ein Mülleimer aussehe, und bedankte mich auch noch.

Aber ich habe gerade von Natascha und unserem Abend am Montag erzählt. Ich wohne nur einen Steinwurf vom Kaufhaus entfernt, sie aber am anderen Ende der Stadt. Nach elf Uhr abends fährt kein Bus mehr, und man braucht mehr als eine Stunde, um zu Fuß bis zu ihr nach Hause zu laufen. Also dachte ich, dass es natürlich einfacher wäre, wenn sie zum Schlafen bei mir bleibt, sodass wir am nächsten Morgen zusammen zur Arbeit gehen könnten. Ununterbrochen stellte ich mir vor, wie es aussehen könnte, das Leben mit ihr. Wir beide, Hand in Hand, auf dem Weg zur Arbeit früh am Morgen. Ich bin mir sicher, dass ich dann leichter aus den Federn käme.

Sie kam gegen Viertel nach acht bei mir an, bis dahin jagte mir immer wieder der Gedanke durch den Kopf, dass sie vielleicht gar nicht kommt. Ich hatte alles vorbereitet, die Sushis auf hübschen Tellern angerichtet, die Flasche Wein auf den Tisch gestellt, wieder in den Kühlschrank verfrachtet, erneut auf den Tisch gestellt und noch einmal in den Kühlschrank verfrachtet. Wir haben etwas getrunken, wir haben gegessen, wir haben ziemlich viel gelacht. Wäre ich ein echter Kerl, also einer, der weiß, wie man ein Mädchen verführt, dann hätte ich sie um den Finger gewickelt, ein verstohlenes Lächeln, und dann hätte ich meine Hand sachte zu ihr hinübergeschoben und so etwas gesagt wie: »Du weißt, dass mein Bett groß genug ist«, als wäre es ihr sehnlichster Wunsch, dort zu landen. So lief es allerdings ganz und gar nicht. Weil nämlich, ja, sie hat bei mir geschlafen, in meiner kleinen Zweieinhalb-Zimmer-Wohnung. Sie hat sogar in meinem Bett geschlafen. Ja, in meinem Bett. Wie oft ich davon geträumt habe, das sagen zu können! Aber es sieht so aus, als würde ich niemals etwas so machen wie die anderen. Wir haben uns nicht geküsst, wir haben uns nicht einmal berührt, und sie ist doch in meinem Bett gelandet. Nur dass ich selbst nicht in meinem Bett war.

Ich habe die Nacht im Kaufhaus verbracht, in der nullten Etage.

Denn als ich zu Natascha, die ihren Bus verpasst hatte, weil sie zu viel geredet und zu viel getrunken hatte, gesagt habe, dass sie ruhig hier schlafen kann, dass ich ihr mein Bett überlasse, da hat sie zu mir gesagt: »Bist du dir sicher?«, und ich darauf, ja, ja, ich kann im Wohnzimmer schlafen, ich habe eine Luftmatratze im Schrank. Nur – in meinem kleinen Wohnzimmer, das zugleich Diele ist, gibt es lediglich einen Stuhl und einen ziemlich abgenutzten Teppich, nicht einmal ein Sofa und auch keine Luftmatratze im Schrank. Sie ist schlafen gegangen, und ich blieb wie ein Idiot im Wohnzimmer, wo ich versucht habe, auf dem Boden zu schlafen, direkt neben der Tür zu meinem Schlafzimmer, wo nun das Mädchen schlief, in das ich verliebt war. Dann habe ich mich daran erinnert, dass ich heute in der nullten Etage gesehen hatte, wie sie eine ganze Ladung Matratzen weggeworfen hatten. Ausstellungsmodelle vom letzten Jahr. Da bin ich ganz leise aufgestanden, um sie nicht zu wecken, und bin ins Kaufhaus in die nullte Etage gegangen. Émile war natürlich auch da. Er lag bäuchlings just auf einer der weggeworfenen Matratzen und war am Lesen. Ich rückte eine zweite Matratze neben ihn, und wir redeten eine Weile miteinander.

Ich habe ihm von der Geschichte erzählt, *Der alte Mann und das Meer,* und ihm gesagt, dass in letzter Zeit oft ein alter Mann in unserer Abteilung aufgekreuzt ist, der wirklich aussieht wie ein Seemann. Er trägt eine dicke Brille, und manchmal hängt ein Zahnstocher in seinem Mundwinkel. Er ist immer gut gekleidet, trägt einen marineblauen Anzug und spricht mit englischem Akzent. Ich würde ihn gern fragen, ob er schon einmal auf Schwertfischfang gegangen ist, und Émile, der musste darüber lachen, dass mich die Geschichte so beschäftigt. Seit ich dieses Buch gelesen habe, denke ich immer öfter an den ganzen Weg, den der Fisch bis zu uns, den Verkäufern hier im Kaufhaus, zurücklegt. Und das alles dafür, dass die Hälfte des Fisches weggeworfen wird. Und außerdem ist es auch noch so unglaublich teuer!

»Ja, der Treibstoff der Flugzeuge und der Lastwagen, der Lohn für die Führungskräfte, für Monsieur Giordino, für dich und schließlich ein kleines Almosen für den Fischer, der irgendwo dort unten in der Ferne den Fisch tatsächlich gefangen hat, den der Kunde schließlich zu beißen bekommt.«

Ich habe ihn dann gefragt, ob es vorangegangen ist, mit seinem Projekt, meine ich. Bevor er antwortet, hat er mir schon die neuesten Fotos gezeigt, die er gemacht hat. Er hat mir erklärt, dass er bei der Mülldeponie war, und zwar als er den Lastwagen folgte, die hier zur nullten Etage kommen.

Er hat gesagt, dass es ihm nicht gut geht, und sich dann am späten Vormittag auf den Weg gemacht. Anstatt nach Hause zu gehen, hat er sich auf sein Fahrrad gesetzt und ist dem Lastwagen durch die ganze Stadt gefolgt, bis zu dessen Ziel. Dort hat er dann ein wirklich beeindruckendes Foto gemacht von einem riesigen Abfallhaufen, ein echtes Gebirge, und dem Lastwagen, der seine Ladung obendrauf kippt.

»Weißt du, was daran fehlt, Charlie? Der Geruch.«

Ich mag gar nicht daran denken.

»Ich wünschte, meine Bilder könnten einen Geruch haben.«

Als Émile sich auf den Weg machte, es muss ein oder zwei Uhr morgens gewesen sein, schlug er mir vor, mit zu ihm zu gehen, aber ich antwortete ihm, dass ich die wenige Zeit, die noch zum Schlafen bliebe, am besten hier verbringen würde. Émile hat ganz schön gelacht, als ich ihm von meinem Abend erzählt habe.

Aber trotzdem hat die ganze Aktion gut geklappt, Natascha hat nicht gemerkt, dass ich in der nullten Etage war, weil ich, als ich um halb sechs zurückkam, so getan habe, als wäre nichts vorgefallen. Ich habe drei Tassen Kaffee getrunken, ihr habe ich dann einen Tee angeboten, als sie aufstand, und dazu eine Mandarine, weil es gerade die Jahreszeit dafür ist, und sie sind echt superlecker, die Mandarinen, vor allem diejenigen, die eine ziemlich dicke Schale haben und sich leicht schälen lassen.

Es ist eigentlich ziemlich angenehm, mit ihr gemeinsam zu frühstücken. Wir sind zusammen zur Arbeit aufgebrochen, wie ich es mir vorgestellt hatte, auch wenn wir nicht Hand in Hand gegangen sind. Sie hat sich bei mir bedankt, sie hat geschlafen wie ein Murmeltier.

Der große Tag ist da: Heute ist Weihnachten. Und ich weiß, wovon ich spreche. Bevor man es nicht miterlebt hat, kann man sich das wirklich nicht vorstellen. Weihnachten im Kaufhaus, das ist wie Land unter. Es ist, als ob plötzlich alle Schleusen dieser Welt geöffnet würden. Es gibt Phasen, in denen nichts los ist und alles in vollkommener Flaute vor sich hin dümpelt, und dann ist mit einem Mal Weihnachten.

Es war ein langer, ein sehr langer Tag, und so weiß ich gar nicht so recht, wo ich anfangen soll. Vielleicht mit meinem Wecker, der an diesem Morgen eine Stunde früher als sonst klingelt, weil wir heute, auch wenn wir in voller Besetzung antreten, sehr viel zu tun haben werden mit dem prall gefüllten Ordner an Bestellungen für heute und den Horden, die man uns prophezeit hat. Außerdem ist der vierundzwanzigste Dezember dieses Jahr ein Samstag. Auf dem Weg zur Arbeit habe ich nicht wie sonst die Müllmänner getroffen, die den Müll des Vortages beseitigen, sondern Nachtschwärmer, die immer noch Flaschen in den

Händen schwenken. In den Umkleideräumen sind bereits Juju und Tariq vom Obst und Gemüse. Als ich sie grüße, spüre ich gleich, dass dies kein Tag wie alle anderen sein wird, das kann ich in ihren Augen sehen. Ich habe ja gestern nicht gearbeitet, aber sie schon, Tariq sagt mir, dass es der Horror war, und schon spüre ich, wie meine Anspannung steigt. Bevor Émile in die nullte Etage fährt, klopft er mir im Aufzug auf die Schulter und wünscht mir viel Glück. In diesem Fall beneide ich ihn sogar beinahe, wenn ich an die gereizten Kunden denke, mit denen ich heute zu tun haben werde. Für diesen Tag würde ich gerne mit ihm tauschen. Als ich unten in der Abteilung ankomme, sind Angela und Monsieur Giordino bereits da. Monsieur Giordino wohnt weit weg, am anderen Ende der Stadt. Jedes Jahr bezahlt das Kaufhaus ihm für diese Nacht das Hotel, weil er am Weihnachtsmorgen schon um vier Uhr in der Früh anfängt. Manche der Angestellten haben sich echt in Schale geschmissen. Léon trägt ein schwarzes Hemd und eine rote Krawatte. Mehrere Kassiererinnen haben ihre Hose gegen einen Rock eingetauscht, die meisten von ihnen tragen ebenfalls eher Schwarz als Weiß. Es stimmt, dass es dazu eine Anweisung gab, aber ich muss zugeben, dass ich sie vergessen habe.

Vor der Öffnung kamen der Geschäftsführer und Monsieur Werner vorbei, um jeden einzelnen Angestellten zu begrüßen. Sie haben mir die Hand geschüttelt – ich musste meinen Handschuh ausziehen, weil er schon ganz schmutzig war: »Vielen Dank für Ihre gute Zusammenarbeit in diesem Jahr, Monsieur Fischer!« Mir wurde ein Brief überreicht: »Das ist für Sie« und dann noch eine Schachtel Schokolade: »Und das ist für Ihren Magen!«, und dann prusteten sie los. Ich habe mir nicht einmal die Mühe gemacht, ein Lächeln aufzusetzen. Ich war noch so müde, dass mir ein wenig übel war. Gleichzeitig lief mir bereits der Schweiß herunter von dem ständigen Gerenne zum Kühlraum, der vor Fischen überquoll.

Natascha hatte sich sehr schön gemacht, sie hatte Lippenstift und reichlich Schminke aufgelegt, sogar ein wenig zu viel für meinen Geschmack, ich mag lieber die natürliche Schönheit, um die Worte aus der Zeitschrift zu wiederholen, die neulich in der Kantine herumlag. Natascha hat sich den ganzen Tag von Benjamin anbaggern lassen. Und was mich aufregt, ist, dass sie auch noch darauf eingeht. Sie antwortet ihm, sie lächelt ihn an, sie zwinkern sich sogar zu oder machen Scherze.

Aber das allein ist noch nicht das Schlimmste. In der Mittagspause erzählte Mike – dieser krankhafte Lügner –, wie er die ganze Welt erobert hat. Er hat gesagt: »In dem Augenblick, in dem du die Tussi zu dir heimgeschleppt hast, hast du gewonnen.« Natascha konnte sich nicht mehr halten vor Lachen.

Ich habe gesagt, gut, ich muss dann mal wieder, sie brauchen mich unten, und ich bin gegangen, ohne sie anzusehen. Als ich später Tintenfisch für einen Kunden schneiden musste, bin ich nicht gerade sanft zu Werke gegangen.

Fröhliche Weihnachten, fröhliche Weihnachten, fröhliche Weihnachten, danke, danke, danke. Den ganzen Tag, den ganzen Tag, den ganzen Tag. Und mit einem Lächeln obendrein.

Ich mag Weihnachten nicht, es macht mir immer schlechte Laune. Ich meine, ich mag die Dekorationen, den

Zauber und all das, aber es ist einfach so, an Weihnachten sind alle mit ihren Familien zusammen. Angela wird mit ihrer Tochter und ihrem Mann zu Abend essen, sie wird einen Braten zubereiten, und auch ihre Schwester wird da sein. Monsieur Giordino wird seine Eltern besuchen, er ist Junggeselle, auch wenn er schon so alt ist. Ich aber, ich werde zu mir nach Hause gehen. Es wird wie immer sein, wie an den anderen Samstagen auch.

Aber dann habe ich während meiner Pause am Nachmittag Émile getroffen, der mir vorgeschlagen hat, heute Abend Champagner mit ihm zu trinken, den er an der Selbstbedienungstheke ergattert hat, weil es dort wegen Weihnachten gerade eine Verkostung gibt, bei der die Kunden eine Auster mit einem Glas Champagner bekommen, selbst um acht Uhr morgens schon. Ich frage mich, wie sie das fertigbringen, ich kann Austern nämlich nicht ausstehen.

Kurz und gut, als Émile mir vorgeschlagen hat, den Heiligen Abend in der nullten Etage zu verbringen, war ich überrascht, dass er ihn nicht mit seiner Familie verbringt. Er hat mir erklärt, dass sie immer am fünfundzwanzigsten Dezember feiern. Also bin ich dorthin gegangen, in die nullte Etage, und ich muss sagen, dass das den Vorteil hatte, originell zu sein. Wie immer bin ich nach der Arbeit hinuntergegangen, aber ich musste wirklich vorsichtig sein, weil sie die Sicherheitsvorkehrungen verstärkt haben. Jetzt muss man Madame Bullot am Empfang mitteilen, dass man gegangen ist, und außerdem überprüfen sie, ob wir nichts stibitzt und unsere Einkäufe bezahlt haben. Heute gab es eine Extrakasse, die vor der Öffnung des Kaufhauses nur für uns geöffnet war.

Nun gut, ich tue so, als würde ich gehen, und dann bin ich hinten herum wieder rein, habe mich durch die versteckte Eingangstür auf der nullten Etage hineingeschlichen, um zu Émile zu kommen, der die Tür offen gelassen hatte. Wir haben Sekt aus Plastikgläsern getrunken, und dann haben wir geredet. Wir haben auf alles und jeden angestoßen, auf Monsieur Giordino, auf den Geschäftsführer, auf die Literatur und auf die Fische. Er hat versucht, mir ein wenig über zeitgenössische Kunst zu erzählen, er hat mir von den Arbeiten der Fotografen erzählt, die er sehr mag, von Bildersammlern, aber nach einer Weile habe ich ihm gesagt, heute Abend nicht, ich hätte keine Energie mehr, um seine Kultur in mich aufzunehmen. Da musste er lachen. Wieder nach einer Weile fragte ich ihn, wie es wäre, wenn wir zu den beiden Fischteichen gingen, und er hat mich ganz seltsam angesehen. Ich habe ihm gesagt, dass ich Lust hätte, dorthin zu gehen.

»Warum?«

Ich weiß nicht so genau, vielleicht weil Weihnachten ist. Sie sind irgendwie der Ort, von dem ich komme, die Teiche. Der Ort, der mir immer im Kopf herumspukte, als ich klein war, weil es zwei von ihnen gab, und den einen nannte ich Mama und den anderen Papa.

Als ich Émile das sage, scheint er erst kurz nachzudenken, dann sagt er:

»Du hast recht, es wird uns auf andere Gedanken bringen, wenn wir etwas frische Luft schnappen.«

Er nimmt seinen Mantel und geht durch die Hintertür hinaus. Als er in Richtung Bushaltestelle gehen will, sage ich, warte, ich muss noch etwas holen. Wir laufen die paar Straßen zu mir nach Hause. Ich sage ihm, dass ich nicht lange brauche. In meinem Zimmer schnappe ich mir die mit Sand gefüllte Holzdose. Ich gehe wieder zu ihm hinunter, er sieht die Dose, sagt aber nichts. Schweigend machen wir uns auf den Weg. Der schwarze, sternenlose Himmel ist hinter dem gelben Lichtschein der elektrischen Straßenlaternen lediglich zu erahnen. Die Straßen sind menschenleer. Der Abend ist kalt und hell durch all die Leuchtreklamen und den Lichterschmuck. Ich hebe den Blick zu den Wohnhäusern mit den erleuchteten Fenstern, ich stelle mir Familien vor, wie sie beieinandersitzen bei einem üppigen Festmahl, dessen Bestandteile wir heute verkauft haben, ich sehe noch einmal die mit Vorbestellungen gefüllten Tüten, die sich vor dem Kühlraum stapelten, und denke an die dreißigtausend Franken Umsatz, die wir allein in der Fischabteilung gemacht haben.

Schließlich steigen wir in den Bus, der uns ans andere Ende der Stadt bringt. Ich betrachte den Fahrer, der wohl Pech gehabt hat, da er am Weihnachtsabend arbeiten muss. Schließlich kommen wir an der Endhaltestelle an, und Émile und ich, wir machen uns auf den Weg. Es beginnt zu schneien.

»Warst du früher oft hier, Charlie?«

Ja, aber mir wird jetzt klar, dass ich niemals nachts hier war, und ich erzähle ihm von den Angelnachmittagen mit Monsieur Victor und dann auch, wie ich Kieselsteine übers Wasser springen ließ, das mit den Kieselsteinen mochte ich sehr gern. Die Teiche sind noch nicht zugefroren, man könnte es also heute Abend sogar versuchen. Wir gehen näher ans Ufer, dort steht eine Bank. Wir setzen uns. Émile beginnt, mir zu erzählen, wie er davon träumt, seine Fotos einmal ausstellen zu können.

Er würde gern seinen Lebensunterhalt mit seinen Bildern verdienen. Aber das ist schwierig. Er sagt mir, dass das zum großen Teil auch Glückssache ist. Man muss zum richtigen Zeitpunkt am richtigen Ort sein. Das macht die Fotografie aus, sagt er. Seine Begeisterung reißt ihn förmlich mit, er ist lustig, wenn die Begeisterung ihn so mitreißt. Mit funkelnden Augen erzählt er mir von einem Mann namens Cartier-Bresson, einem berühmten französischen Fotografen.

Nach einer Weile beginne ich, ein wenig vor Kälte zu zittern. Er fragt mich, ob wir umkehren sollen, aber nein, jetzt noch nicht. Ich denke an Madame Thérèse im Waisenhaus, die unsere Lehrerin war und die uns Aufgaben gab, die wir innerhalb einer Woche erledigen sollten. Ich war gar nicht so schlecht im Aufsatzschreiben, auch wenn sie mir oft sagte, ich solle mich kürzer fassen und ich würde mich zu sehr verzetteln.

Wieder schweigen wir eine Weile. Ich denke darüber nach, wie viele Fische wohl in dem See sind, und was glaubst du, wie viele sind da drinnen, was schätzt du, frage ich Émile. Er antwortet, vermutlich viele. Ja, aber andererseits ist ihre Zahl auch begrenzt, oder? Irgendwann wird es keine mehr geben.

Monsieur Giordino wäre sehr traurig, weil er seinen Beruf nicht mehr hätte, und ich auch, ich hätte dann auch keinen Beruf mehr. Ein leerer Ozean, bei dieser Vorstellung wird einem ganz schwindlig. Émile sagt nichts mehr, und um nun an etwas anderes zu denken, frage ich mich, ob ich denn wirklich verliebt in Natascha bin. Ich meine, ich muss mir klarmachen, dass das niemals klappen wird mit ihr und mir. Es ist ein Traum. Und Träume, die sind doch nicht da, um wahr zu werden.

»Du liebst sie, oder?«

Aber was ist das denn eigentlich, die Liebe? Es ist, als hätte ich mich daran gewöhnt, in sie verliebt zu sein. Ich sage ihm, weißt du was, Émile, am komischsten finde ich, dass es mir hier, jetzt, irgendwie gleichgültig ist. Und weißt du, was das Allerseltsamste ist? Wir haben einen schrecklichen Tag hinter uns, es war so anstrengend im Kaufhaus wegen der Feiertage, und trotzdem fühle ich mich jetzt, heute Abend, gut …

»Das ist der Weihnachtszauber!«

Da müssen wir beide loslachen. Wir lachen so laut auf unserer Bank am Ufer des Fischteichs, dass es uns vorkommt, als müssten unsere Stimmen das Eis am Rand der Wasseroberfläche zum Bersten bringen. Wir sind allein auf der Welt, niemand kann uns hören. Abgesehen von unserem Lachen ist kein Geräusch zu vernehmen – alle Leute sind bei sich zu Hause und stoßen an. Nach einer Weile verstummen wir und lauschen auf die Stille, und dann sagt Émile zu mir:

»Weißt du was, Charlie, ich glaube, jetzt ist der Zeitpunkt gekommen.«

Er weist auf meine Dose, die ich immer noch unter dem Arm eingeklemmt habe. Da nicke ich. Ich blicke auf das dunkle Wasser, stehe auf und mache behutsam ein paar Schritte in Richtung Ufer. Unter meinen Füßen beginnt es zu knirschen. Ich beuge mich nach vorn und öffne die Dose. Ich nehme eine Handvoll Sand heraus und werfe sie in den Teich. Dann streue ich mit einer einzigen Bewegung, mit einem einzigen Wurf den gesamten Inhalt in das Wasser. Das Ganze sieht aus wie eine dicke, kleine Wolke, wie unzählige mikroskopisch kleine Tropfen, die ins Wasser fallen und Kreise um sich ziehen wie ein riesengroßer Kieselstein. Hinter meinem Rücken höre ich das Klicken des Fotoapparats von Émile und sehe den Blitz aufleuchten, der mich mit der Wolke einfängt. Meine Zähne klappern jetzt vor Kälte.

Émile wünscht mir »Fröhliche Weihnachten«. Ich sage zu ihm, komm, wir gehen jetzt. Ich sage Auf Wiedersehen, und wir kehren den Fischteichen den Rücken.

Als Monsieur Giordino neulich Monsieur Werner vorübergehen sah, hat er mich gefragt, ob ich wüsste, warum wir in der Fischabteilung keine Anzüge tragen. Er prustete los und sagte: Damit man uns nicht für Pinguine hält, bei all dem Eis hier!

Es ist nämlich so, dass er ein wenig sauer auf die Direktion ist, weil das Kaufhaus für das neue Jahr auf die grandiose Idee gekommen ist, die Öffnungszeiten zu ändern. Offenbar hat die Geschäftsleitung beschlossen, große Neuerungen einzuführen. Das Kaufhaus hat am Abend eine Stunde länger offen. Künftig wird von Montag bis Freitag erst um zwanzig Uhr geschlossen. Das sorgt natürlich für reichlich Gesprächsstoff in der Kantine, die Angestellten sind nicht glücklich darüber, und als ich Léon mit seiner Kippe im Mundwinkel getroffen habe, sah er vollkommen niedergeschmettert aus. Und auch den anderen von den Abteilungen Oberbekleidung, Spielzeug, Parfum, Haushaltsgeräte, die ich gar nicht kenne, ging es ähnlich. Einer von ihnen hat gesagt: »Du bist erst nach der Vorabendserie zu Hause ... Arbeit, U-Bahn und ab ins Bett« und eine andere: »Da bekommen wir gar kein Sonnenlicht mehr ab« oder: »Da häufen wir noch mehr Überstunden an, die wir natürlich nie bezahlt bekommen. Also werden wir Urlaub nehmen müssen, in dem wir dann krank sind, weil wir zu viel gearbeitet haben.«

Ich für meinen Teil muss sagen, dass mir das anfangs ziemlich egal war. Ob man bis zwanzig Uhr arbeitet statt nur bis neunzehn Uhr, daran muss man sich einfach gewöhnen, den Rhythmus ein wenig ändern. Aber mir wurde der Unterschied schnell klar. Wenn nach einem Tag bis zwanzig Uhr der Wecker am Tag darauf wieder um sechs Uhr klingelt, bleibt keine Zeit mehr, etwas anderes zu machen, als zu essen, zu arbeiten und zu schlafen. Meine Augen sehen langsam auch schon aus wie die von Monsieur Giordino, ganz dick, mit dunklen Ringen darunter. Am letzten Mittwoch habe ich mit Émile darüber geredet, er sagte, dass ihm das nur ein »müdes Lächeln« entlocken könne, weil niemand zufrieden ist, sich aber auch niemand auflehnt. Er sagt, dass man es aus Frust oder Trägheit akzeptiert, weil niemand den Mut hat, sich gegen die Oberen zu erheben.

Aber was könnte man denn tun? Tariq, der denkt nämlich, wenn der Geschäftsführer das entschieden hat, dann hat er es eben entschieden, und man kann nichts dagegen tun. Darüber gab es eine ganz schön hitzige Debatte in der Kantine, die ich gar nicht hatte kommen sehen. Léon hat erwidert, dass man einen Brief verfassen könnte, den alle Angestellten unterschreiben, man könnte eine Petition starten, Krach schlagen, zu den Gewerkschaftsfritzen mit ihren ganzen Tricks rennen, aber als man dann später überlegt hat, wer den Brief schreiben sollte, da hat sich natürlich niemand gemeldet. Klar, ich habe auch nichts gesagt. Ich war politisch noch nie besonders begabt.

Weil ich in der Fischabteilung bin, habe ich manchmal das Gefühl, dass meine Haut ganz fettig wird wie von Entenschmalz. Das Fett schmiegt sich an meine Haut, an die von Angela, von Juju, von uns allen in der Abteilung und bleibt tagelang daran haften. Selbst nach einer ausgiebigen Dusche scheint das Fett weiterhin an uns zu kleben wie eine zweite Haut. Im Gesicht ist es ein wenig, als würde ich eine Maske tragen. Manchmal sehe ich abends in den Spiegel und entdecke eine glänzende Schicht auf meinen Wangen und der Stirn, eine durchsichtige Schicht, die ich beinahe abziehen könnte, die aber ganz allmählich an meine Stelle tritt, mich verdrängt. Ich bin dabei, ein Fisch zu werden, oder umgekehrt, die Fische sind dabei, Charlie zu werden.

Irgendwie trägt man immer eine Maske. Das ist einfach so. Vor den Kunden haben wir unsere Uniform, wir haben unsere auswendig gelernten Sätze, die wir ihnen vorsagen, jedes Mal natürlich ein klein wenig abgeändert, versteht sich. Ich spiele meine Rolle, die des Fischverkäufers, die des Fisch-Clowns, die des netten Herrn, der der alten Kundin zeigt, wo die Mayonnaise steht. Vielleicht kommt genau daher auch die Müdigkeit, unter anderem.

Ich weiß nicht, ob es jedem hier so geht. Monsieur Giordino verschwindet oft, um eine zu rauchen. Vielleicht muss er ab und zu aus seiner Rolle hinausschlüpfen. Lustig ist, dass er die ganze Zeit sagt, er geht auf die Toilette oder er geht sich schnell etwas zu trinken kaufen, er erfindet immer irgendwelche Ausreden, dabei könnte er mir doch einfach sagen, dass er eine rauchen geht. Ich glaube, er schämt sich. Trotzdem ist es irgendwie seltsam, gerade so, als würde er mich als seinen Chef ansehen. Monsieur Giordino verschwindet aber auch, weil er zu vielen Besprechungen muss, vor allem in letzter Zeit. Er sitzt mit den Chefs der anderen Abteilungen zusammen, und sie versuchen, die richtigen Beschlüsse für das neue Jahr zu fassen, damit das Unternehmen floriert. Allerdings sind es immer die gleichen Beschlüsse: Der Gewinn muss gesteigert werden. Die Frage lautet nur: Wie?

Monsieur Giordino erzählt mir, dass er in den Besprechungen als Änderung vorschlägt, die Regale der Backwarenabteilung gegenüber ganz niedrig zu machen, vor allem zu Frühlingsbeginn. Wenn die Frauen dann bei steigenden Temperaturen im Minirock daherkommen und sich bücken, dann können wir von unserer Abteilung aus alles sehen. Darüber lachen wir dann, Monsieur Giordino und ich. Natascha findet das weniger lustig. Aber was soll's. Noch vor Kurzem hätte ich, glaube ich, einen roten Kopf bekommen, wenn ich über so etwas gelacht hätte.

Mit Monsieur Giordino rede ich in letzter Zeit viel. Das kommt aber auch daher, dass Angela in Urlaub ist und wir oft nur zu zweit in der Abteilung sind. Ich habe zum Beispiel erfahren, dass er schon seit Langem Karate macht. Er hat den schwarzen Gürtel, und er sagt, dass es nicht schwer ist, bis zum schwarzen Gürtel aufzusteigen. Es gibt viele, die ihn haben und gar nichts können, im Grunde ist es reine Kopfsache, ob man ihn schafft oder nicht. Monsieur Giordino sagt, dass wir in der Fischabteilung ein gutes Team sind. Es gibt zwar manchmal leichte Spannungen wegen des Schichtplans, aber das ist normal. Wir sind ein wenig wie eine Familie. Nicht wie die Abteilungen in den oberen Etagen, die sich den lieben langen Tag in der Wolle haben, die wegen ihrer Schichten herumnörgeln und übereinander lästern... Ich weiß nicht alles, aber man erzählt sich so dies und das. Und es ist ganz offensichtlich, dass sie immer denken, wir von den Lebensmitteln wären einfach dumm. Wir hier, wir mögen sie aus Prinzip nicht, das ist eine Art Tradition, dieser Ausspruch stammt von Léon. Aber im Ernst, wir arbeiten viel härter als sie und lächeln dabei, und damit meine ich nicht das Lächeln, das wir für die Kunden aufsetzen. Das sehen die von den oberen Etagen aber nicht.

Ich hoffe, dass ich es mit der Zeit lernen kann, den Umgang mit den Kunden ebenso lustig zu gestalten wie Monsieur Giordino. Dass ich solche Witze machen kann wie er. Als die Alte von neulich ihn gefragt hat, ob er ihr einen Fisch auf die Seite legen kann, hat er geantwortet: »Auf welche, auf die rechte oder die linke?« Ich beschränke mich bei den Kunden zu oft darauf, den immer gleichen Refrain zu wiederholen: »Guten Tag, Madame, was hätten Sie denn gern? Ja, gern. Bitte schön, Monsieur. Möchten Sie den Fisch vakuumverpackt haben? Sehr gern, Madame. Da haben wir es schon, Madame. Einen schönen Tag, Monsieur. Vielen Dank, Monsieur.«

Manchmal sind die Kunden unfreiwillig komisch. Wie jener alte Herr, den ich am Telefon hatte. Er war am Morgen in der Fischabteilung aufgekreuzt und hatte mehr als ein Kilo Schwertfisch gekauft, und jetzt sagte er mir, dass sie nur zu zweit sind, er und seine Frau. Er sagte: »Monsieur, ich habe zu viel Schwertfisch gekauft.« Er hatte einen italienischen Akzent. Da habe ich zu ihm gesagt, das macht nichts, man muss ihn nur richtig zubereiten, das geht ganz schnell, in einer sehr heißen Pfanne mit ein wenig Öl oder ein wenig Butter, je nach Geschmack, dann auf jeder Seite ganz kurz anbraten. Schwertfisch wird eigentlich genauso zubereitet wie rotes Fleisch, wie ein Steak, man kann ihn essen, wenn er innen noch ein wenig rosa ist, so schmeckt er am besten. Der Herr fragt mich daraufhin, ob er ihn einfrieren kann, den Schwertfisch, und ich, ich sage, ja, klar, natürlich ist das möglich, auch wenn es schade ist, weil unser Schwertfisch vor allem eines ist, frisch. Juju hat alles gehört, und jetzt ist das Ganze zu einem Witz zwischen uns beiden geworden, wenn wir allein in der Abteilung sind. Juju verstellt seine Stimme und schreit ganz schrill: »Monsieur, ich habe zu viel Schwertfisch gekauft, kann ich ihn einfrieren?«, und dann müssen wir beide lachen.

Ich habe meine Lieblingskunden. Darunter sind welche, die sich freuen, wenn sie mich sehen: Stammkunden wie Monsieur und Madame Perfekt, die jeden Samstag zwischen sechzehn und siebzehn Uhr kommen, oder die Frau, die mir aus ihrem Leben erzählt. Dann gibt es auch einen Herrn, der oft am Freitag kommt und der immer will, dass ich ihm seinen Schwertfisch aufschneide, und zwar sehr, sehr dünn. Mit der Zeit werde ich immer besser.

Oder die Dame vom Kiosk in der ersten Etage, die nur auf Rotzunge steht. Sie kauft fünfhundert Gramm davon für ihren Ehemann, nicht mehr und nicht weniger, und zwar jeden Mittwoch vor der Mittagspause. Oder jener Herr, der Fischer war, wie er mir erzählt hat. Er will nur die Fische aus dem See, weil sie frischer sind. Er verlangt immer eine Forelle oder einen Zander und manchmal

Barschfilets. Dann ist da die Chinesin, die hin und wieder vorbeikommt, manchmal mit Freundinnen. Und die Nervensäge, die mich so auf die Palme gebracht hat mit dem Steinbutt. Wenn Angela sie sieht, versteckt sie sich ganz hinten in der Abteilung und sieht mich flehentlich an, als wollte sie sagen: »Bitte, kümmer dich um sie, ich schaff das einfach nicht, oder ich bringe sie auf der Stelle um.« Sie kommt immer fünf Minuten vor Ladenschluss, wenn schon fast alles weggepackt ist.

Oder die Frau in dem gelben Regenmantel. Sie muss irgendetwas an mir finden, denn sie verlangt immer, dass ich sie bediene, und dann will sie Ratschläge, wie man den Fisch zubereitet. Anscheinend gebe ich nicht mehr so viele Dummheiten von mir, weil sie jedes Mal wiederkommt und stets rundum zufrieden war mit dem letzten Ratschlag. Das gefällt mir. Wir halten einen kleinen Schwatz, sie erzählt mir alles Mögliche. In einem einzigen Satz erklärt sie, wie sie ihre Rotbarbe am Abend zuvor zubereitet hat, und dann geht es los mit ihrem Sohn, der studiert, und ihrer Tochter, die schwanger ist, und ihrer Katze, die kein Hühnchen mag, das ist seltsam, oder? Eine Katze, die kein Hühnchen mag? Also gibt sie ihr Fischreste, und das mag die Katze unheimlich gern, und deshalb kommt die Frau auch gern hierher. Und damit gleicht sie dieser Alten, die immer ganz früh am Morgen kommt, gleich nach Öffnung des Kaufhauses, um ein kleines Stück Fisch extra für ihre Katze zu kaufen. Deshalb bittet sie mich, es in ganz kleine Stückchen zu schneiden und die Haut abzuziehen, weil es ist doch Vorsicht geboten, nicht wahr? Und dann zieht sie von dannen mit ihren vierzig Gramm Tartar vom Barsch, fein gehackt für Mimi.

Und dann die Dame mit der Krokodilledertasche, die voll auf Juju abfährt. Klar, Juju, der ist nicht hässlich, aber trotzdem, sie muss mindestens zwanzig Jahre älter sein als er. Juju sagt, dass ihm das nichts ausmacht, wenn sie ihn anbaggert, dass es sogar seine Vorteile hat, denn so kauft sie mehr, und das bringt Umsatz. Wenn er solche Sachen sagt, Juju meine ich, dann kommt mir der Gedanke, dass der Geschäftsführer im Grunde vielleicht einfach nur eine Art Juju ist, nur alt und hässlich.

Unter den Kunden gibt es auch immer welche, die ihre Fischwünsche mit dunklen Sonnenbrillen auf der Nase, Kopfhörern auf den Ohren oder sogar mit allem beiden in Auftrag geben. Es gibt auch welche, die versuchen witzig zu sein, was oft gar nicht komisch ist. Und dann gibt es welche, die keinen Spaß verstehen, und das ist oft komisch.

Wenn wir Verkostungen von Meeresfrüchtesalat oder geräucherter Lachsforelle anbieten, versuchen manche Kunden, ihren Einkauf mit vollem Mund zu tätigen. Man versteht sie dann nicht, und das ist ihnen ganz peinlich, sie husten, werden rot und sagen: »Entschuldigung, also, ich sagte …«

Und schließlich ist da auch eine junge Frau, die sehr oft ins Kaufhaus kommt, und mir fehlen die Worte, um zu beschreiben, wie schön sie ist. Jedes Mal, wenn sie vorbeikommt, drehen sich alle nach ihr um. Monsieur Giordino schaut ihren Hintern an. Ich habe sogar Monsieur Werner einmal dabei überrascht, wie er sich ein wenig zu lange in ihre Richtung umdrehte, als er den Weinbestand im Regal auffüllte. Und heute, da ist sie zum ersten Mal in die Fischabteilung gekommen! Und als sie auch noch ausgerechnet mich ansprach, wusste ich nicht, was ich antworten sollte, ich habe gestottert, ich habe den Fisch fallen lassen, den sie sich von mir zeigen lassen wollte, und ich habe gesagt: »Oh, Entschuldigung, mein Gott«, ich stellte mich noch ungeschickter an als sonst, und sie, sie musste darüber lachen. Da sah sie noch umwerfender aus, als sie lachte, und ich, ich habe sie mit einem Lächeln auf den Lippen angesehen wie ein großer Dummkopf. Das war das erste Mal, dass jemand über mich gelacht hat und ich es nicht ätzend fand, ihr Lächeln war einfach so umwerfend. Dann habe ich wie verlangt eine kleine ganze, ausgenommene Rotbarbe auf die Waage gelegt. Und ich habe mir in Anbetracht der Fischmenge gedacht, dass sie allein sein muss, und das hat mich erstaunt bei einer so schönen Frau. Ich habe den Fisch vakuumverpackt und ihr die Aluminiumtasche hinübergereicht, sie hat sich bei mir in einem unheimlich netten Tonfall bedankt. Ich sah ihr nach, ohne die andere Frau zu hören, die sich schon seit geraumer Zeit direkt daneben lautstark bemerkbar machte. Ich dachte an die Frau, die gerade davonging. Ich habe beschlossen, sie »Scarlett« zu nennen, weil sie die gleichen Lippen wie Scarlett Johansson hat. Noch nie habe ich einen Fisch mit einer solchen Hingabe ausgenommen wie für Scarlett.

Wenn man erst einmal eine gewisse Routine hat, vergeht die Zeit schnell. Wir haben schon März, und heute, da ist mein Geburtstag. Heute Morgen, als ich zur Arbeit kam, gab es eine Karte mit einem Geschenkgutschein, die Monsieur Giordino mir überreicht hat – er hat mir gesagt, dass ich jetzt aufhören soll, ihn so zu nennen, dass ich ihn auch duzen soll, aber ich kriege das, glaube ich, nicht hin. Die Karte ist eine firmeneigene Karte des Kaufhauses, auf der steht: »Lieber Jubilar! Gerne laden wir Sie zum Frühstück all jener ein, die diesen Monat Geburtstag haben! Dieses Frühstück wird am Mittwoch, den fünfundzwanzigsten März, im Selbstbedienungsrestaurant unseres Kaufhauses stattfinden. Wir erwarten Sie ab neun Uhr dreißig. Ihr Chef und die anderen Jubilare freuen sich, Sie dort anzutreffen!«

Das ist zwar erst in drei Wochen, aber vielleicht werde ich dorthin gehen. Von der Karte mal abgesehen gleicht dieser Arbeitstag allen anderen Tagen: Monsieur Giordino bricht am frühen Nachmittag auf, Angela und ich bleiben bis zum Ladenschluss. Wir haben fünf dicke Lachsfilets geräuchert, ich habe den Ofen geputzt, am späten Nachmittag waren ziemlich viele Leute da, und am Abend wurde es dann ruhiger.

Scarlett war wieder da. Ich bin ihr aufgefallen, das steht fest. Ich sehe sie fast jeden Montag und Mittwochabend. Scarlett grüßt mich jedes Mal und lächelt mir zu. Ich schaffe es nicht, sie anzusprechen oder mit ihr zu reden, Émile hat mir neulich gesagt, dass ich einfach ich selbst sein soll, na ja.

Natascha hat heute gemerkt, dass ich Scarlett mit einem seltsamen Blick angeschaut habe, sie hat zu mir gesagt: »Huhu, Charlie, regt sich da etwas, da drinnen?« Und ich habe mich gefragt, ob sie ein wenig eifersüchtig ist. Ich mache mir sicher falsche Hoffnungen wie gewöhnlich. Angela hat mich auch damit aufgezogen. Ich muss aufpassen, dass man mir nicht zu sehr anmerkt, wie toll ich sie finde.

Später hat Angela mich wie gewöhnlich gebeten, ihr

zu sagen, ob wir Bestellungen für heute haben, ich sollte das auf dem Blatt im Büro ganz hinten in der Fischabteilung überprüfen. Sie bittet mich jeden Tag darum, und ich weiß inzwischen auch, warum. Mir war schon aufgefallen, dass sie die Etiketten in der Fischtheke etwas seltsam ansieht, und wenn sie auf dem Blatt unterschreibt, auf dem man die Temperatur des Kühlraums bestätigt, schreibt sie nur ihren Vornamen hin, in einzelnen Buchstaben. Angela kann nämlich nicht richtig lesen und schreiben.

Manchmal tut sie so, als ob. Ein paar Buchstaben hat sie nämlich gelernt, zum Beispiel kennt sie die Schreibweise aller Fischnamen. Die sind für sie wie Zeichnungen. Wenn sie sie gesehen hat, kann sie sie nachmachen. Und sie kann auch Zahlen schreiben, sie hat gelernt, das Datum auf die Etiketten zu schreiben, und sie kann es vor allem auch lesen, das ist wichtig, wenn wir Inventur machen.

Sie schämt sich irgendwie dafür, deswegen habe ich ihr nicht gesagt, dass ich es weiß. Aber es ist einfach so, dass sie ganz aus dem Osten von Europa kommt, und dort unten war Krieg, als sie klein war, und auch jetzt ist er noch nicht ganz vorüber. Da war keine Zeit, um die Kinder in die Schule zu schicken, und für Mädchen galt das noch mehr als für Jungen.

Da hatte ich doch Glück, dass ich im Waisenhaus in die Schule gehen konnte. Auch wenn ich Madame Thérèse zuerst nicht sonderlich mochte, bin ich ihr doch dankbar, dass sie so streng war und uns zum Lernen angehalten hat. Während ich darüber nachdenke, teile ich Angela mit, dass es nur eine Bestellung für Sardinen gibt, zwei Kilo Sardinen. Ich habe mich schon darum gekümmert, sie liegen fertig abgepackt im Kühlschrank. Sie sagt, o.k., danke, möchtest du jetzt also deine Pause machen? Ich sage zu ihr, in fünf Minuten, weil ich, um ehrlich zu sein, warten will, bis Scarlett mit dem Einkaufen fertig ist, man weiß nie, ob sie auch Fisch braucht.

Und das war sehr vorausschauend von mir, denn sie kam tatsächlich noch einmal zurück. Ich habe sie gefragt, ob ihr Zanderfilet von neulich gut war, und sie hat gesagt: »Her-vor-ra-gend« und betonte jede einzelne Silbe. Und dann hat sie gesagt: »Es sieht alles so schön aus, was Sie da haben, am liebsten würde man alles kaufen!« Und ich habe gesagt, ja, das stimmt, aber dann müsste man einen sehr dicken Bauch haben, um alles zu essen, haben Sie das bedacht? Sie hat gelacht und dann gesagt: »Was ist das denn für ein Fisch, ist der neu?« Ah ja, das ist ein Schwarzbarsch. Er ist im Angebot, den haben wir nicht sehr oft, er ist ganz wunderbar, ja, ja, zum Niederknien, eine echte Köstlichkeit, es ist ein Fisch, der aus dem großen See hier in der Nähe kommt, müssen Sie wissen, und er wurde erst vorgestern gefischt, er ist also absolut frisch. »Aber wie bereitet man ihn zu?« Ach, das machen Sie genau so, wie Sie es möchten. Es gibt nun wirklich nicht nur eine einzige Art, ihn zuzubereiten. Aber ich, ich würde Ihnen raten, ihn im Ofen zu garen, im Ganzen, mit einer Tomate und ein wenig Olivenöl, Schalotten und ein wenig Zitrone und Weißwein und als Gewürze nur Salz und Pfeffer. Am Schluss dann frische Petersilie darüberstreuen und hmmmm, das schmeckt hervorragend. »Aber der ist so riesig, ich könnte das gar nicht allein essen!« Bingo, sie ist also wirklich allein. Ich habe ihr gesagt, dass sie nur jemanden einzuladen braucht, dass bei einer schönen Frau wie ihr, dass da doch jeder gern an ihrem Tisch

Platz nehmen würde. Sie hat mich ein wenig erstaunt angesehen. Und auch ich war zugegebenermaßen erstaunt, so etwas gesagt zu haben. Vielleicht bin ich zu weit gegangen, ich weiß nicht, warum mir das so unverblümt herausgerutscht ist. Ich habe Angela hinten in der Abteilung lachen hören, und dann hat Scarlett schließlich, ohne mich anzusehen, nur gesagt: »Ich nehme doch lieber eine Scheibe Thunfisch, danke«, und ich habe sie bedient und bin danach in die Pause gegangen. Oben in der Kantine habe ich mir gesagt, dass das Problem von Frauen wie Scarlett im Grunde ist, dass die Leute sie nur mögen, weil sie schön sind, und dass ich so dämlich gewesen bin, ihr das zu sagen, dass sie sich allerdings nichts daraus machen sollte, derlei zu hören, weil sie es ja ohnehin weiß.

Ansonsten war es ein Geburtstag, der sich nicht großartig von den anderen Tagen unterschied. Zum Glück ist es ein Mittwoch, und ich habe Émile in der nullten Etage getroffen. Ich habe ihm von meinem Tag erzählt, wir haben Kuchen zusammen gegessen, den ich bei den Backwaren abgestaubt hatte, es war eine Himbeertarte, die sie wegwerfen wollten (übrigens haben sie ungefähr zwanzig andere Kuchen weggeworfen und viel Brot wie jeden Abend, aber ich hatte keinen großen Hunger).

Émile hat Kerzen angezündet, die er hat mitgehen lassen, und er hat ein Foto gemacht, als ich sie ausgeblasen habe.

Jetzt bin ich doch wirklich fünfundzwanzig Jahre alt.

So, jetzt ist es so weit, drei Wochen sind vorbei, und ich bin zu dem berühmten Frühstück derjenigen gegangen, die in diesem Monat Geburtstag hatten. Wir waren aber nur zu zweit, nämlich Natascha und ich. Das war dann doch ein ziemlich lustiger Zufall, tatsächlich nur wir zwei wie bei einer Verabredung. Man brachte uns ein riesiges Tablett mit Croissants, verschiedenen Marmeladen, Butter, Brotscheiben und süßen Teilchen. Ich habe eine heiße Schokolade bestellt, sie einen Cappuccino.

Noch vor einem Monat wäre ich vollkommen in Panik geraten bei der Vorstellung, zu dieser unfreiwilligen Verabredung mit ihr gehen zu müssen. Aber jetzt, da hat es mir einfach nur Spaß gemacht. Sie hat mir erzählt, dass sie ein paar belanglose Techtelmechtel hatte, einen oder zwei Kerle, mit denen sie geflirtet hatte, »einfach, um Lionel zu vergessen«. Sie ist also immer noch Single? »Ja. Aber das stört mich nicht, ich glaube, es ist auch an der Zeit herauszufinden, was das mit einem macht. Eine Zeit lang allein sein.« Ja, schon, aber allein sein, das ist blöd, ich weiß, wovon ich spreche, aber ich verstehe, dass es Natascha auch guttut, weil ich glaube, dass sie eine Frau ist, die einfach Angst vor der Einsamkeit hat. Deshalb ist es gut, wenn sie einmal ausprobieren will, wie es ist, wenn man keine Schulter hat, an die man sich anlehnen kann. Also habe ich ihr gesagt, dass sie mutig ist. Da hat sie gelächelt, sie hat sich bei mir bedankt und noch gesagt: »Es ist verrückt, du hast einen ganz besonderen Blick, Charlie. Es ist lustig, weil man in deinen Augen lesen kann wie in einem offenen Buch, so aufrichtig bist du immer. Und gleichzeitig kannst du so gut in die Leute hineinsehen. Verstehst du, was ich sagen will? Man erkennt es schon an deinen Augen, dass du alles verstehst. Manchmal ist das fast ein bisschen beängstigend.« Jetzt bin ich doch rot geworden, wo sie so etwas gesagt hat, und als wir unser Frühstück schließlich beendet haben und ich das Kaufhaus wieder verlassen habe – ich arbeite heute gar nicht, weil mir Monsieur Giordino freigegeben hat –, nun, da habe ich verteufelt gute Laune. Ich habe beschlossen, Émile in der nullten Etage zu besuchen, und ich habe ihm gesagt, dass ich an den Fischteichen auf ihn warte, wenn er mit der Arbeit fertig ist, denn das wäre mal eine nette Abwechslung zur Dunkelheit der Mülletage für ihn, vor allem heute, wo die Sonne so strahlend am Himmel steht. Wir könnten wieder Kieselsteine übers Wasser springen lassen, um den Frühlingsanfang zu feiern.

Der Frühling ist die beste Jahreszeit fürs Grillen. Wir bereiten in der Fischabteilung viele Spieße vor, die wir marinieren und so in die Theke legen, dass sie gleich ins Auge fallen. Spieße mit Kalmaren, Sepien, Garnelen, Bärenkrebsen, Thunfisch, Kabeljau und Lachs, Jakobsmuscheln mit einem Salbeiblatt dazu. Und wir bereiten auch Doraden vor, sie werden ausgenommen, mariniert und mit einer Zitronenscheibe drapiert, es ist wichtig, dass es hübsch aussieht, weil der Kunde zwar mit dem Mund isst und mit dem Bauch verdaut, aber kaufen, das tut er mit den Augen.

Die Jahreszeiten ziehen im Kaufhaus vorüber, und doch herrscht das ganze Jahr über die gleiche Temperatur, die Kunden sind das ganze Jahr über die gleichen, unsere Uniform ist das ganze Jahr über die gleiche, die Fische wechseln ein wenig, aber im Großen und Ganzen sind auch sie die gleichen, und die Angebote wiederholen sich auch das ganze Jahr über, es ist wie eine einzige riesige Schleife, eine Maschine, die niemals anhält, außer am Abend, wenn das Kaufhaus schließt, aber das dauert nie lange, am nächsten Morgen geht alles von Neuem los.

Bald steht die Mitarbeiterfeier an. Sie ist für Anfang Juni vorgesehen, einen Samstag nach der Arbeit, wir sind alle zu einem Grillabend auf der Dachterrasse eingeladen. Émile sagt, dass er nicht hingehen wird. Ich werde schon dabei sein, es wird umsonst zu essen und zu trinken geben, das muss man ausnutzen.

In dieser Woche werde ich ein wenig bei den Fleischwaren aushelfen. Louis ist im Urlaub, und so ist Claudine allein in der Abteilung. Claudine war verheiratet, glaube ich. Sie erzählt mir immer von ihrem Exmann, wenn ich hinten bei den Fleischwaren mit der großen Maschine, die so fürchterlich ächzt, die Schalen mit dem geräucherten Lachs verpacke. Sie spricht auch viel von ihrer Tochter, sie ist sehr stolz auf sie, weil sie studiert hat und deshalb nicht wie sie werden wird, nämlich ein »Arbeitstier, das sein ganzes Leben lang ackert wie eine Bekloppte und endlos Fleisch aufschneidet, und das alles für einen wahren Hungerlohn«. Claudine sagt mir auch: »Ich schwöre dir, mein lieber Charlie, dass ich mir, wenn ich die Wahl gehabt hätte, etwas anderes ausgesucht hätte. Irgendetwas, bei dem ich echt Kohle gemacht hätte, verstehst du?!«

Die Claudine, die ist echt lustig.

Ich erinnere mich daran, dass sie um Weihnachten herum fast in eine Depression verfallen ist und sagte: »Jetzt sind es schon acht Tage, Charlie«, und das sollte heißen, acht Tage Arbeit am Stück ohne einen einzigen freien Tag dazwischen. Inzwischen geht es ihr besser, aber manchmal sagt sie mir, dass sie daran denkt, hier aufzuhören und in die Fabrik zurückzukehren, in der sie vorher gearbeitet und Armbanduhren eingepackt hat. Ich weiß nicht genau, wie alt sie ist, aber ich glaube, Claudine ist nicht mehr so weit von der Rente entfernt. Sie raucht viel, fast so viel wie Monsieur Giordino, sie ist Fachfrau für Zigarettenpausen. Die Zigaretten kauft sie am Kiosk in der ersten Etage, weil sie dort Mitarbeiterrabatt erhält.

Wir erledigen unsere Einkäufe hier, wir essen hier, wir trinken hier. Wir leben hier. Das habe ich heute Nachmittag auf der Terrasse für die Angestellten zu Léon gesagt, und er hat mich angesehen und gesagt: »Aber ja, du Kindskopf, gut erkannt. So ist das eben mit der Arbeit.«

Am Mittwoch vor der Mitarbeiterfeier bin ich zu Émile gegangen, um ihn zu überreden, doch mitzukommen, aber ich wusste schon, was er antworten würde. In dem ganzen Durcheinander von Büchern entdeckte ich auch dasjenige, das Émile gerade las, und dieses Mal hat es wieder mein Interesse geweckt, weil der Titel lautete: *Oceano Mare. Das Märchen vom Wesen des Meeres*. Es stammt von einem italienischen Autor, Alessandro Baricco heißt er. Offenbar stellt sich in diesem Buch ein Professor die Frage nach der Grenze des Meeres, nach der hauchdünnen Linie zwischen der Gischt der Wellen und dem Sand des Strandes, wo seine unermessliche Weite endet. Außerdem gibt es in dem Buch auch einen Maler, der herausfinden will, wo die Augen des Meeres sind. Weil er ein Porträt des Meeres zeichnen will, und um ein Porträt zu malen, da braucht man nun mal zuallererst die Augen.

Am Samstag war es sehr heiß, und wir haben gigantischen Umsatz gemacht. Alle Kunden wollten am Abend grillen, und unsere Spieße scheinen umwerfend gut zu sein. Wir haben auch Unmengen an ganzen Fischen verkauft, Stöcker, Makrelen, Wolfsbarsch. Außerdem haufenweise Scheiben vom Thunfisch und Schwertfisch. Einmal, als gerade nicht so viele Kunden da waren, ist Natascha zu uns rübergekommen, um ein wenig herumzualbern, und sie hat ihren Finger auf das Auge des Schwertfisches gelegt und gesagt: »Uh, das ist ja ganz weich«, und Benjamin hat mir ins Ohr geflüstert: »Hey, Charlie, ich wette, dass du dich nicht traust, dem Schwertfisch das Auge herauszureißen und es Natascha zu schenken. Sie hat mir gesagt, dass sie das total cool fände.«

Ohne zu überlegen, habe ich den Kopf des Schwertfisches gepackt und angefangen, das eine Auge herauszuschneiden. Das war ganz schön schwer, es brauchte echt Kraft dafür. Benjamin und Juju sahen mir zu und feuerten mich noch an. Also schnitt ich immer weiter, während sie dastanden wie zwei grölende Fans, und am Ende hatte ich es endlich geschafft: Das Auge des Schwertfisches war draußen, und ich hielt es in meiner Hand und habe es voller Stolz Natascha gereicht und wollte ihr sagen: »Schau nur, was ich hier habe, du wolltest doch sehen, wie es von innen aussieht«, aber sie verzog sogleich ihr Gesicht und sagte: »Igitt, Charlie, denk doch mal an dieses arme Tier, das ist ja echt ekelhaft, wie konntest du nur so etwas tun?«, und Ben und Juju platzten heraus und machten sich über mich lustig, und mir wurde klar, dass ich mich hatte verarschen lassen.

Als ich den Fisch vor Beginn der Mitarbeiterfeier in

den Kühlraum zurückbrachte, blieb ich einen Augenblick lang mit dem einäugigen Schwertfisch in der Kälte stehen. Ich bat ihn um Verzeihung, dass ich ihm das Auge herausgerissen hatte. Das erlebt nicht jeder Fisch, dass er mit solchen warmen Worten wieder heruntergekühlt wird. Ob sich der Schwertfisch das wenigstens klarmacht? Versprochen, ich mache es nie wieder.

Ich bin zu der Feier gegangen, auch wenn ich nicht gerade in Superstimmung war.

Die Feier hat schon begonnen, als ich in der Kantine eintreffe. Es läuft laute Musik, und etwa zehn Personen stehen herum, manche sind schick angezogen, aber ich, ich habe mir nicht einmal die Mühe gemacht, mich umzuziehen. Es gibt ein Büfett mit zwei Grills, und es ist lustig, weil es tatsächlich die leitenden Angestellten sind, die das Fleisch und die Fischspieße für die Angestellten zubereiten. Offenbar ist das so üblich. Der Geschäftsführer und Monsieur Blazer tragen Schürzen über ihren feinen Hemden. Sie sehen richtig gut aus! Dann gibt es noch große Bierfässer, eigentlich mag ich Bier nicht sonderlich, aber da alle trinken, hole ich mir ein Glas und dann noch eines.

Sophie vom Kundenservice ist auch da. Sie hat sich richtig herausgeputzt und sieht total sexy aus, mit einem Kleid und so, und als sie mich gesehen hat, ist sie gleich auf mich losgestürzt und hat mir zugeprostet: »Zum Wohl, Charlie!« und stieß ihr Glas gegen meines, sodass ich meines vor Überraschung beinahe habe fallen lassen, aber es ging gerade noch einmal gut, zum Glück, nur ein wenig Schaum schwappte heraus. Ich habe mich neben sie gesetzt, und wir haben uns endlos lang Anekdoten über die Kunden erzählt.

Ich habe so viel gegessen, dass ich beinahe geplatzt bin! Monsieur Giordino war auch die ganze Zeit am Essen, ich habe eine Weile mit ihm geredet. Ich habe ihn gefragt, ob es in Italien auch so heiß ist, und er wusste es nicht, er hat mir gesagt, dass er noch nie dort gewesen ist.

Ich habe ihn gefragt, wie das denn sein kann, dass er niemals in Italien war. Dass er doch dort unten das Handwerk des Fischers und dann des Fischverkäufers gelernt hat, und da erklärte er mir lachend, nein, nein, ganz und gar nicht. Er hat im Kaufhaus angefangen wie ich, eigentlich hätte er nie gedacht, dass er einmal diesen Beruf ausüben würde, er war vorher Automechaniker und Karosseriebauer, aber die Werkstatt, für die er gearbeitet hatte, hat dichtgemacht, und so war er von einem Tag auf den anderen arbeitslos. Er stieß auf diesen Job hier und hat sich gesagt: »Nun, warum nicht, man wird sehen, ich mache es erst einmal, bis ich etwas anderes finde.« Und jetzt, zehn Jahre später, ist er immer noch da, und er hat sogar den Platz des früheren Chefs eingenommen, der mittlerweile im Ruhestand ist. Monsieur Giordino hat nämlich nicht studiert. Er hätte es gekonnt, weil er nicht schlecht in der Schule war, offenbar hat er sogar einen richtig guten Abschluss, aber seine besten Freunde haben alle eine Ausbildung gemacht, und da hat er beschlossen, es ihnen gleichzutun und auch schnell Geld zu verdienen. Er ist Mechaniker geworden, ohne wirklich zu wissen, warum, es war einfach die erste Stelle, die sich ihm bot – in der Werkstatt eines Freundes seines Onkels.

Und siehe da, auf diese Weise habe ich die Geschichte

von Monsieur Giordino kennengelernt. Es fühlt sich an, als wäre ein ganzer Mythos um mich herum zerbrochen. Ich habe mir gesagt, dass das doch nicht sein kann, eigentlich bin ich auch immer noch überzeugt davon, dass Monsieur Giordino den Fischfang bei seinem Vater in Italien erlernt hat, weil es einfach nicht anders möglich ist.

Ich holte mir noch einmal Bier und stieß mit Monsieur Giordino an. Und dann ging ich wieder in die Kantine hinein. Tariq hat mich nach dem Grund für mein langes Gesicht gefragt. Ich habe nicht richtig geantwortet. Beim Aufstehen wurde mir ein wenig schwindelig. Ich setzte mich in der Kantine ganz allein in eine Ecke, im Hintergrund lärmte die Musik, und ich schloss die Augen, bis ich eine Stimme hörte, die tatsächlich zu Natascha gehörte. Ich spürte, wie sich eine Hand auf meine Schulter legte, und dann sagte sie zu mir: »Alles in Ordnung, Charlie?« Da habe ich die Augen wieder aufgeschlagen, ich habe sie angesehen und dann mit den Schultern gezuckt. Tut mir leid, stammelte ich, wegen des Auges vom Schwertfisch. Sie hat mich angesehen und dann erklärt, dass sie nicht versteht, wie ich das wegen Ben und Juju hätte tun können, offenbar war ihr klar geworden, dass sie mich hereingelegt hatten. Sie sagte, dass sie das nicht hätten tun dürfen und dass es sehr dumm von mir war, darauf einzugehen, und ich habe mich so naiv gefühlt, und ich sah mein Spiegelbild in ihren Augen, diesen so unglaublich naiven Burschen, so nett, aber so unglaublich dämlich. Ich habe ihr gesagt, nein, ich hatte es für sie getan, auch wenn es überhaupt keinen Sinn macht. Seltsamerweise wirkte sie gerührt, sie sagte: »Du bist süß«, und da habe ich sie, ohne dass ich begriffen habe, warum, da habe ich sie geküsst. Es überkam mich einfach. Irgendwie dachte ich, dass in diesem Augenblick der richtige Zeitpunkt dafür war, ich weiß auch nicht, und außerdem hatte ich viel getrunken. Sie hat mich nicht auf der Stelle von sich geschoben. Er war feucht, er war unbeholfen, er war kurz. Mein erster Kuss. Und dann ist sie ein wenig überstürzt aufgestanden. Sie hat eine ganz komische Bewegung mit ihren Lippen gemacht. Sie hat gesagt: »Charlie, ich habe zu viel getrunken, es tut mir leid, ich … was ist denn in dich gefahren?« Und ich, ich wusste überhaupt nicht, was ich sagen sollte. »Wir hätten das nicht tun sollen, Charlie, ich mag dich gern, aber das geht nicht, und außerdem sind wir Kollegen, und ich … ich möchte, dass wir Freunde sind, verstehst du?«, und ich verstand es nicht, aber sie redete weiter: »Charlie, es tut mir leid, ich schwöre es dir, es tut mir wirklich sehr leid«, und dann ist sie wieder auf die Terrasse hinausgegangen, wo die Feier in vollem Gange war, die Sonne war bereits untergegangen, und die Leute begannen zu tanzen.

Ich sah sie mit einem Typen im Anzug aus der Multimedia-Abteilung tanzen, von dem ich nicht einmal mehr den Namen weiß, und bin mir noch ein Bier holen gegangen. Ich saß wieder in der Nähe von Sophie. Sie kam zu mir, ich war ein wenig in meine Gedanken versunken, sie drängte sich mit ihrem Mund ganz nah an mein Ohr: »Tanzt du nicht?« Ich zuckte mit den Schultern. Sie hat zu mir gesagt: »Nun komm schon, wir tanzen!«, ich sagte, nein danke, das ist nicht so mein Ding.

Ich war in Gedanken bei dem ganzen Essenszeug, das man am Montag wegwerfen würde. Am Montag werden alle verpackten Produkte weggeworfen, deren Haltbarkeitsdatum am Samstag oder Sonntag abgelaufen ist. Deshalb wird an diesem Tag am meisten weggeworfen. Ich habe an den Container im Speiseresteкühlraum gedacht, an dem jetzt ein Schild hängt mit dem Hinweis »Bio-Abfall«, und seither habe ich keine Lust mehr, Bio-Gemüse zu kaufen. Dann fiel mir wieder Monsieur Giordino ein, der nicht will, dass man abgelaufene Lebensmittel einsackt, auch wenn er mich manchmal das eine oder andere mitnehmen lässt. Dann schreibt er das Datum auf ein Etikett und setzt seine Unterschrift darunter, damit es keine Schwierigkeiten mit Madame Bullot von der Sicherheit gibt.

All das erzählte ich Sophie, die mir zuhörte und immer wieder eifrig nickte, weiß der Henker, warum sie das tat, denn sie wirkte gleichzeitig, als würde sie nichts von dem verstehen, was ich sagte, aber sie blieb dennoch neben mir, mit ihren großen Augen und ihrem etwas verkrampften Lächeln, das sie den ganzen Tag den Kunden gegenüber aufsetzt. Manchmal bekräftigte sie meine Sätze mit einem »Ja, du hast ja so recht«, oder sie lachte, wenn ich einen kleinen Witz machte. Letztlich hat es mich aber trotzdem aufgemuntert, mit ihr zu reden, nur als mein Bier, das ich in den Händen hielt, leer war – ich weiß nicht mehr, wie viele ich getrunken hatte –, habe ich mir gesagt, dass es jetzt wirklich Zeit wäre, nach Hause zu gehen. Ich habe nach draußen geblickt und gesehen, dass es stockfinstere Nacht war. Also stand ich ohne große Ankündigung auf und sah einen Augenblick zu Natascha hinüber, die auf der Tanzfläche jetzt eng umschlungen mit Mike zugange war. Ich verließ die Kantine und ging auf die Toilette, um mich dort zu übergeben. Ich wollte mich schnell davonmachen, aber als ich aus den Toiletten herauskam, stand Sophie vor mir.

Sie hat mir in die Augen gesehen, und ich habe genau gesehen, dass etwas Seltsames in ihrem Blick lag. Sie sagte nichts. Sie schwankte ein wenig. Und dann ist sie buchstäblich über mich hergefallen, ihr Gesicht auf meines, ihr Mund presste sich auf meinen. Mein zweiter Kuss. Ein wenig schwerfällig. Ich meine ihren Körper, dem ich mich mit meinem ganzen Gewicht entgegenstemmen musste. Da habe ich sie in die Toiletten hineingezogen, und dort hat sie angefangen, mich zu streicheln. Ich habe gespürt, wie mein Penis in meiner Hose steif wurde und wie mein Herz immer schneller schlug. Wir sind dann in eine Kabine gegangen, und sie hat mich gegen die Wand gedrückt, sie fuhr mit ihrer Hand über meinen Bauch und bis zu meiner Hose, mir entfuhr ein leises Stöhnen, so hatte mich noch nie jemand berührt, es hat mich an das Waisenhaus erinnert, wo wir Jungen eine Zeitschrift mit vollkommen nackten oder nur mit Höschen bekleideten Frauen von Hand zu Hand gehen ließen. Wir dachten uns immer andere Spiele aus, und der Gewinner durfte die Zeitschrift ein paar Tage oder manchmal sogar eine ganze Woche lang behalten.

Und jetzt war da Sophie, die ihre Hand in meine Unterhose geschoben und dann ihre eigene unter ihrem Kleid ausgezogen hat, und sie hat meinen Gürtel gelöst und meine Hose heruntergezogen, und ich glaube, ich war hochrot, und sie hat mich auf den Hals geküsst, und dann habe ich ihre Brüste berührt, und das war, wie ich zugeben muss, schön, und sie kam mit ihren Beinen immer näher an meinen Penis heran, und dann habe ich plötzlich gespürt, dass ich in sie eindrang.

Und dann bewegte sie sich hin und her, und ich hielt sie ganz fest, und sie atmete schwer, sie hat begonnen, in mein Ohr zu keuchen und ein wenig zu stöhnen, und schließlich hat sie geschrien, sie hat einen Namen geschrien, aber es war nicht mein Name. Sie hat geschrien: »Stéphane! Oh, ja, Stéphane!«, und dann kam es mir, ich glaube, es war ein wenig zu schnell, und sie fuhr fort, sich mit meinem Penis abzumühen, der allmählich wieder ganz klein wurde, da rieb sie sich an mir und fuhr mit ihrer Hand an ihr eigenes Geschlecht, und sie hat sich berührt, und ich verharrte wie ein Idiot regungslos an die Wand gelehnt, während sie ihre Hand immer weiter zwischen ihren Schenkeln bewegte, bis sich irgendwann all ihre Glieder verkrampften, um sich gleich darauf wieder zu entspannen. Dann hat sie ihre Unterhose wieder angezogen, ohne mich anzusehen, und sie hat gelacht, mir ihren Finger auf meine Lippen gelegt und gemurmelt: »Psst …«.

Dann hat sie die Toiletten verlassen, und ich bin noch einen Augenblick lang dort geblieben, in der offenen Kabine, gegen die Wand gelehnt mit heruntergelassener Hose. Ich atmete schwer und ließ mir etwas Zeit, bis ich sie wieder hochzog und dann ebenfalls aus den Toiletten hinausging. Wie ein Roboter habe ich meine Schritte zum Ausgang gelenkt. Auf dem Weg begegnete ich ein paar Leuten, die ich nicht kannte außer Angela, die mich an den Schultern festhielt: »Hey, gehst du schon? Was ist los? Du bist ja weiß wie die Wand!«, und ich habe ihr nur geantwortet, Ciao, Angie, bis Montag.

Am Montag bin ich mit Blumen bei Sophie im Kundenservice aufgetaucht. Sie hat so getan, als wäre nichts gewesen, und hat ganz erstaunt geschaut: »Äh, danke, aber warum denn das, Blumen, Charlie?« Das war sicher wegen der Kollegen, die uns sehen konnten. Ich habe meine Blumen wieder mitgenommen und bin gegangen. Ich bin ihr in den darauffolgenden Tagen zweimal begegnet, aber sie hat nichts Besonderes zu mir gesagt – sie hat sich darauf beschränkt, mir zuzulächeln wie vorher auch: »Hallo, Charlie, alles klar heute?« Ich habe mir gesagt, dass ihr das mit den Blumen vermutlich nicht gefallen hat. Vielleicht wäre ihr, was weiß ich, vielleicht wäre ihr Schokolade oder ein Parfum lieber? Ich bin in die Parfumabteilung zu der Frau gegangen, die so furchtbar nach Coco und Chanel stinkt, um sie um Rat zu fragen, aber ich habe gemerkt, dass es schwierig ist mit den Parfums, es gibt beinahe so viele wie Fische, und hundert Milliliter sind noch viel teurer als hundert Gramm bei den Fischen. Am Ende habe ich ihr Schokolade mitgebracht. Ich habe ihr vorgeschlagen, dass wir uns treffen, heute, nach der Arbeit? Sie hat mir gesagt, ich solle einen Augenblick mit ihr kommen. Sie sah wütend aus. Wir sind in den Bereich für die Angestellten hinter dem Wandvorhang gegangen. Dort haben wir uns in eine Ecke zurückgezogen, in der niemand war. Ich war sehr aufgeregt, ich dachte, sie würde mich jetzt küssen. Stattdessen hat sie zu mir gesagt: »Also, Charlie, willst du mich verarschen oder was? Was soll dieser ganze Zirkus? Neulich Abend war ich traurig, ich war besoffen, ich hatte Lust zu bumsen, und du bist in den Genuss gekommen. Das müsste doch genug sein, oder? Du hast doch nicht im Ernst gedacht, dass da mehr zwischen uns sein könnte?«

Ich bin dagestanden und habe herumgestottert, und am Ende habe ich zu ihr gesagt, nein, für wen sie mich denn hält. Ich habe ihr gesagt, dass ich erleichtert bin und dass ich nicht einmal in sie verliebt bin, und dann bin ich gegangen. Sie hat mich noch kurz zurückgehalten: »Gut, und noch eines: Das bleibt unter uns, ist das klar? Ich will nicht, dass die ganze Hütte Bescheid weiß. Du hältst also die Klappe, ja?« Ich habe genickt, und im Aufzug nach unten in unsere Abteilung habe ich auf den Halteknopf gedrückt und mich auf den Boden sinken lassen. Ich habe die ganzen Pralinen nacheinander aufgegessen, außer die mit dem Likör, niemand mag die mit dem Likör. Dann bin ich noch in die nullte Etage gefahren, um die Schachtel direkt in einen der großen Container zu werfen.

Monsieur Giordino sagt mir, dass ich morgens unter der Woche dicke Tränensäcke vor Erschöpfung unter den Augen habe, weil wir so viel arbeiten.

Ich sage zu den Kunden, die vorüberkommen und fragen, ob mein Fisch frisch ist, ja, natürlich, dass sie nur an ihm riechen müssen, und vor allem, dass ein Fisch nicht stinkt, außer er ist nicht frisch. Ich sage ihnen auch, dass das Angebot der Woche sich lohnt, dass es sich diesmal wirklich richtig lohnt. Im Augenblick sind das übrigens die Riesengarnelen, und hmmm, vom Grill schmecken die köstlich. Man muss die schönen Tage nutzen, solange sie da sind! Ich gebe mir Mühe bei den Verkostungen, ich gestalte sie schön mit etwas Verzierung, jedes Mal gebe ich eine Scheibe Zitrone dazu und lege außerdem ein paar grüne Kräuter darum herum, wenn ich beispielsweise eine Scheibe geräucherten Lachs drapiere – selbst geräuchert, ja, ja, er ist hausgemacht, im Ofen, der so stinkt und den wir jeden Freitag mit dem Putzmittel reinigen, das noch mehr stinkt.

Wenn ich ihm sage, dass man doch etwas unternehmen müsste wegen all dieser Lebensmittel, die wir wegwerfen, antwortet Monsieur Giordino mir, dass man sich daran gewöhnen muss, das ist alles. Er sagt, dass ich, wenn ich einmal Chef bin – weil er sich alt fühlt und allmählich an den Ruhestand denkt –, also, er sagt zu mir, dass ich dann sehen werde, dass es nicht leicht ist, die Bestellungen richtig abzuschätzen, mit den Kunden, die an einem Tag dies und am nächsten jenes wollen.

Als ich an diesem Mittwoch in die nullte Etage komme, ist Émile, was für eine Überraschung, dabei, ein dickes Buch zu lesen, das den Titel *Der Idiot* trägt. Der Autor hat einen russischen Namen. Ich muss grinsen, das passt perfekt. Der Idiot, der den Schwertfischen die Augen herausreißt, der Idiot, der sich in ein Mädchen verliebt, das er nie bekommen wird, der Idiot, der seine Zeit in der Mülletage verbringt und der dort, ausgerechnet dort, einige der glücklichsten Augenblicke seines Lebens erfährt.

Ich grinse, als mir das alles durch den Kopf geht, ich betrachte Émile. Er schließt sein Buch. Ich reibe mir die Augen, die ein wenig feucht werden. Ich habe keine Lust zu heulen.

»Was ist los, Charlie?«

Es ist nichts. Mir reicht es, das ist alles. Ich fühle mich schuldig, weil wir all dieses Essenszeug wegwerfen, die ganze Zeit über, man müsste einen Weg finden, damit das aufhört. Vielleicht finde ich wenigstens dafür eine Lösung. Auch wenn ich mir sage, dass ich nur eine Anordnung von Monsieur Giordino befolge, der wiederum eine Anordnung des Geschäftsführers befolgt, der wiederum eine Anordnung von Wer-weiß-wem befolgt, müsste man dieses System doch ändern, weil es überhaupt keinen Sinn macht, ich verstehe nicht einmal, wie so etwas überhaupt möglich ist.

»Ich auch nicht, Charlie. Aber es ist, wie du sagst: Es ist ein Teufelskreis. Es klappt nur, weil jeder den Fehler auf jemand anderen schiebt. So ist es am Ende der Fehler von niemandem mehr. Das hat Hannah Arendt einmal die ›Banalität des Bösen‹ genannt.«

Émile erklärt mir, dass Hannah Arendt, die eine Philosophin aus dem letzten Jahrhundert ist, eine ganze Theorie darüber entwickelt hat, und zwar im Hinblick auf die damaligen Nazis. Sie hat den Prozess gegen einen der Naziverbrecher nach dem Zweiten Weltkrieg verfolgt, gegen Adolf Eichmann. Und sie hat ihn als einen kleinen, jämmerlich banalen Menschen beschrieben, als einen Wicht und nichts weiter. Er war ein kleiner strebsamer Beamter, der seinen Vorgesetzten bedingungslos gehorcht hat und im Grunde nichts weiter tat, als Befehle auszuführen. Und so schließt sich der Teufelskreis: Jedes Glied der Kette macht nichts anderes, als den Fehler dem nachfolgenden Glied zuzuschieben, man kann sich immer damit trösten, dass der andere schuld ist. Das geht dann immer so weiter, bis man ganz oben in der Hierarchie angelangt ist. Also frage ich Émile, ob das bedeutet, dass wir alle unschuldig sind?

»Nein, ganz im Gegenteil, und genau das haben viel zu viele Leute Hannah Arendt vorgeworfen, weil sie sie falsch verstanden haben. Das bedeutet, dass wir alle schuldig sind.«

Ich bleibe eine Weile stumm, und dann sehe ich ihm in die Augen und sage zu ihm, dass ich genug davon habe, mich schuldig zu machen.

»Deshalb mache ich ja diese ganzen Fotografien, Charlie. Es geht mir darum, genau das anzuprangern, es geht darum, dass das aufhört. Bald bin ich fertig. Soll ich dir meine neuesten Bilder zeigen?«

Diesmal lehne ich ab. Ich bin genervt. Es ist wie eine Blase, die platzt. Ich weiß auch nicht, alles, was ich so lange unterdrückt habe, was ich so lange eingesteckt habe, das Fett auf der Haut, die unangenehmen Kunden, die Schokolade für Sophie, all das bekommt er jetzt in einem Schwung ab. Ich sage ihm, dass seine Fotos gar nichts nutzen werden. Es wird die Welt nicht verändern, wenn man das Übel in Bildern festhält. Er hockt hier wie ein kleiner Spießer, der seine Spielchen treibt in diesem großen Kaufhaus, das zu klein für ihn ist. Letztlich benutzt er das alles nur als Vorwand für seine bescheuerte Kunst, mit der er doch auch nur Kohle machen will, um dann von hier zu verduften und mich allein zu lassen, denn ich werde hier im Kaufhaus weiter Fisch verkaufen müssen, während er sich dann in seiner Kulturwelt tummelt, mit einem Glas Rotwein in der Hand.

Ganz ruhig sitzt er da mit seiner Unschuldsmiene. Ganz ruhig schaut er mir zu, wie ich mich aufrege und vor Wut über und über rot werde. Ganz ruhig nimmt er diese vollkommen neue Seite des netten Charlie zur Kenntnis.

Es ist doch blöd, dass immer die Menschen, die man am meisten mag, die ganze Scheiße abbekommen, die die anderen uns aufgeladen haben. Ich möchte, dass mich einfach jemand in den Arm nimmt. Ich atme schwer. Ich setze mich auf den Boden. Émile murmelt:

»Wir müssen den Kreis durchbrechen. Und zwar jetzt.«

Was?

»Heute Abend. Wir nehmen das ganze Essenszeug, das morgen in den Müll wandern würde, und schenken es Leuten, die es haben wollen.«

Er steht entschlossen auf.

»Komm, Charlie!«

Ich bin mir nicht ganz sicher, ob ich ihn richtig verstanden habe, aber ich willige ein. Wir nehmen den Aufzug und fahren in die Lebensmittelabteilung, die komplett im Dunkeln liegt. Ich fühle mich ganz seltsam, komme mir ein bisschen wie ein Einbrecher für eine gute Sache vor, so wie Robin Hood. Ich packe eine große Metallwanne wie die, in denen wir die Salate zubereiten, und gehe die Regale entlang. Mit einer Hand ziehe ich all die Artikel heraus, deren Haltbarkeitsdatum morgen überschritten sein wird und die morgen weggeworfen würden. Mit der anderen halte ich die Wanne fest, die sich in Windeseile füllt. Als ich bei der Fischabteilung vorbeikomme, schnappe ich mir ein Stück Eis, das nun schmilzt, und kühle mir damit das Gesicht. Ich brauche keinen Spiegel, um zu wissen, dass es hochrot ist. Das Eis kühlt meine Stirn und beruhigt mich mit einem Schlag. Die Wut von vorhin verwandelt sich in eine eigentümliche Erregung. Mein Adrenalinspiegel ist hoch. Émile und ich nehmen alles, wir holen uns Papiertüten bei den Kassen und stecken so viel hinein wie nur möglich. Es sind so viele Lebensmittel. Wir können gar nicht alles mitnehmen.

Mit den überquellenden Tüten gehen wir wieder zum Aufzug. Ich sage zu Émile: Und wenn wir erwischt werden? Er zuckt mit den Schultern und drückt auf den Knopf.

»Das ist mir egal.«

Auch mir ist die Situation zu Kopf gestiegen. Alle Verbote sind mir egal. Mir kommt es plötzlich so vor, als sei das, was wir tun, wichtiger als alles andere. Im Aufzug sehe ich seine durchdringenden Augen, sein unschuldiges Gesicht, und da sage ich einfach so zu ihm, ja, da sage ich: Kündige. Es wird ihn sonst noch verrückt machen. Sonst wird er noch wie Monsieur Giordino enden, der hier gelandet ist, obwohl er etwas anderes hätte machen können. Er hat doch die Chance weiterzustudieren, woanders hinzugehen. Er hat Geld gespart. Er muss mit diesen Spielchen aufhören. Er könnte in die Welt hinausgehen, reisen, einen fotografischen Roadtrip machen, von dem er mir erzählt hat. Wenn er es schon nicht für sich tut, so könnte er es doch für mich tun.

Ich sage ihm, wenn du dann das Meer siehst, wenn du

die Fische schwimmen siehst, dann denk daran, dass vielleicht einer davon bei mir in der Kühlbox landet. Ich sage ihm auch, dass er mir ein Foto vom Meer schicken soll. Ein wirklich schönes Foto, nicht so ein Postkartenfoto. Weil ich es nämlich noch nie gesehen habe, das Meer.

Émile antwortet nicht. Und dann habe ich für einen kurzen Augenblick so etwas wie eine Vision, ich sehe mich in zehn Jahren hier im Kaufhaus hinter meiner Fischtheke, nichts wird sich geändert haben. Und dann sehe ich ihn vor mir, wie er gut aussehend und im Anzug in den Fernsehmagazinen auftritt – er würde kluge Reden über eine neue Foto-Serie halten, die er gerade in einem Museum von Rang und Namen ausstellt. Ich würde seine Ausstellung besuchen. Und ich würde ihn sehen, umgeben von hübschen jungen Frauen, die Häppchen knabbern, und mich, ja mich würde er nicht einmal mehr grüßen, mich würde er nicht beachten, ich wäre unsichtbar geworden.

Das alles stelle ich mir schweigend vor, während wir durch die Hintertür in der nullten Etage nach draußen gehen. Ich sage nichts mehr zu Émile. Wir beide sprechen nicht, während wir die Straße entlanggehen, ohne recht zu wissen, wohin.

Wir gelangen auf den Hauptplatz ganz in der Nähe des Kaufhauses, und für einen Augenblick bleiben wir da regungslos stehen. Wir gleichen zwei Gangstern, die ihr Vorhaben nicht bis zu Ende durchdacht haben. Da schlägt Émile vor, dass wir versuchen könnten, zu dem gemeinnützigen Verein im Süden der Stadt zu gehen, der Bedürftigen Unterkunft und Essen bietet. Ich nicke. Wir biegen auf die Hauptstraße ein. Die Leute, die nach der Arbeit auf dem Heimweg sind und uns begegnen, sehen uns irritiert an. Ich versuche hin und wieder, ihnen etwas von unseren Lebensmitteln anzubieten, aber keiner beachtet mich. Ein Mann sagt sogar zu mir: »Bah, machen Sie, dass Sie fortkommen mit Ihrem ganzen verdorbenen Essenszeug! Ich bin schließlich kein Mülleimer!« Wir versuchen, ihnen alles zu erklären, aber die Leute haben es eilig, sie bleiben nicht stehen, sie glauben, dass wir ihnen etwas verkaufen wollen oder dass wir ihnen eine Unterschrift für irgendeine gute Sache abluchsen wollen.

Schließlich nehmen wir den Bus, und nach zehn Minuten kommen wir ganz in der Nähe der Lagerhalle an, wo der Verein sein Quartier hat. Ein Typ mit Dreadlocks ist dort und ein etwas älterer mit zusammengebundenen Haaren und einem Bart. Wir zeigen ihnen die ganzen Lebensmittel, anfangs ist der Jüngere auch interessiert, aber der andere sagt Nein, er sagt, dass das ja alles frische Produkte sind und dass sie nichts nehmen können. Geht gar nicht. Aus Hygienegründen. Und außerdem, woher kommt das alles denn überhaupt, dieser Fraß?

Émile und ich können es nicht fassen. Wir geben nicht auf. Wir erklären. Sie wollen nichts mehr hören. Der Alte ist genervt: »Ich glaube kein Wort von eurer Geschichte. Das klingt alles ziemlich dubios. Ich will keinen Ärger mit eurem Mist da haben. So läuft das nicht«, sagt er zu uns. Er fügt noch hinzu, dass, »wenn das Kaufhaus uns etwas schenken will, müssen wir einen Vertrag unterzeichnen, einen Wisch, damit alles offiziell ist. Ich werde mich doch nicht ins Zeug legen wegen eurer dämlichen Hähnchen.« Dann sagt er nur noch, dass wir abhauen sollen. Widerwillig nimmt er eine Tüte mit Brot, »fürs Frühstück, und schlimmstenfalls können wir den Rest an die Enten verfüttern«.

Auf dem Rückweg versuchen wir, die Lebensmittel an die Leute zu verteilen, die uns begegnen. Niemand nimmt irgendetwas. Zurück auf dem Hauptplatz, nimmt eine Frau zwar ein noch vollständig eingepacktes Hähnchen, das ich ihr hinhalte, aber dann sehe ich, wie sie es kurz darauf in einen Mülleimer wirft. Es gelingt uns, ein weiteres Brot und ein wenig Wurst an einen Penner zu verschenken. Er bedankt sich nicht. Und dann irren wir wieder durch die umliegenden Straßen.

Zwei Stunden sind jetzt vorüber, und unsere Tüten sind immer noch fast voll. Schon lange ist es dunkel. Irgendwann kommt mir eine Idee, ich schlage Émile vor, ins Waisenhaus zu gehen. Ich sage ihm, dass die Leute uns misstrauen, weil sie uns nicht kennen, aber dass Madame Clothilde von der Kantine vielleicht gerne etwas nehmen wird. Also laufen wir jetzt nach Nordwesten, aber das Problem ist, dass die Sachen, weil es so warm ist, allmählich schlecht zu riechen beginnen, fast so wie in dem Speiseresteкühlraum.

Als wir das Waisenhaus erreichen, überfällt mich das Gefühl, in der Zeit zurückzureisen. Das Gebäude ist modern und hat unten eine große Glasfront, hinter der wir aufgehängte Papiergirlanden sehen – Basteleien der Kinder. Als ich direkt vor der Sprechanlage stehe, habe ich Bauchschmerzen und kann mich nicht rühren. Schon beim bloßen Gedanken hineinzugehen umfängt mich der Geruch der Kindheit, es riecht nach frischer Farbe, nach Putzmittel und Zitronensäure. Ich kann mich immer noch nicht rühren, und Émile hebt seine Hand, um die Klingel zu betätigen, und da halte ich ihn zurück, ich packe seinen Arm und schiebe ihn beiseite. Er sieht mich ganz merkwürdig an. Ich sage zu ihm, nein. Einfach nur nein, das ist das einzige Wort, das ich herausbringe: nein. Nein, nein, nein, und ich wiederhole es immer wieder: nein, nein, nein, nein. Es ist, als würde sich alles umkehren und als wäre das, was wir tun, schlecht. Ich denke wieder an den Schokoladenriegel, und ich sehe unsere Tüten, in denen so viele Schokoladenriegel stecken, und ich sehe Monsieur Victor in der Kantine vor mir, der mir seine Hand auf die Schulter legt und sagt: »Charlie, versprich mir, dass du so etwas nie wieder tust. Stehlen, das ist schlimm. Stehlen, das ist schlecht.«

Und genau das tun wir gerade, wir sind Diebe. Wir sind Diebe. Émile und ich.

»Aber was ist denn mit dir los, Charlie? Was redest du denn da?«

Wir sind Diebe, wir sind Diebe.

»Beruhige dich doch endlich. Was hast du denn?«

Ich habe auf dem Absatz kehrtgemacht und laufe los, mit den Tüten, die gegen meine Schenkel schlagen, und dann reißt eine auf, und der ganze Inhalt fällt auf die Erde, ich stolpere, ich falle hin. Émile holt mich ein.

»Charlie, was hast du denn bloß? Charlie, sprich mit mir.«

Wir sind Diebe, sage ich. Es sind die einzigen Worte, die ich herausbringe, während ich noch auf dem Boden liege. Ich kann es ihm, ich kann es Émile nicht erklären, er wird es nicht verstehen können. Ich weine nicht. Ich fühle die Tränen in mir drinnen, aber die Augen bleiben trocken. Émile kann mich in diesem Augenblick so wenig verstehen, dass er das Schlimmste macht, was ich mir vorstellen kann. Émile sieht zu mir hinunter, wie ich auf dem Boden liege, und er lächelt. Dann zieht er seinen Fotoapparat hervor, immer noch mit diesem Lächeln, er nimmt seine Kamera und macht ein Foto von dem auf dem Boden verstreuten Essenszeug, der aufgerissenen Tüte. Klick, klick, klick, immer wieder drückt er den Auslöser, und ich, ich halte mir die Hand vor die Augen, meine Nase läuft, und dann rappele ich mich hoch und stürze mich auf ihn, um ihm die Kamera zu entreißen, dieses verfluchte Teil, aber er macht einen Satz zurück, er weicht mir aus.

Ich sage nichts mehr. Ich sammle den Inhalt der Tüte mit bloßen Händen ein und versuche mehr schlecht als recht, die Sachen in ihren Zellophanverpackungen in die anderen Tüten zu stopfen, die doch schon vor Sachen in Zellophanverpackungen überquellen. Und dann gehe ich vollbepackt wortlos davon. Er folgt mir nicht. Ich gehe schnell, am Ende der Straße biege ich ab und laufe zu einer Sortierstelle in ungefähr einhundert Metern Entfernung. Ich lasse alles bei den Containern zurück. Die Hälfte der Sachen, die wir genommen haben, ist jetzt ohnehin schon am Vergammeln.

Und dann renne ich los. Ich renne bis zu mir nach Hause, diesmal ohne zu stolpern. Ich renne, bis mir die Luft wegbleibt, ich renne, bis mir schlecht wird, ich renne, bis ich mich beinahe übergeben muss. Als ich bei mir ankomme, bin ich schweißgebadet und vollkommen außer Atem. Ich halte meinen Kopf unter das Wasser im Badezimmer, da ich nicht einmal mehr in der Lage bin, eine Dusche zu nehmen. Ich esse nicht. Mit all meinen Kleidern falle ich ins Bett wie ein Stein.

In der Nacht schlafe ich nicht. Immer wieder sehe ich diesen Augenblick vor mir. Ich sehe, wie Émile seine Kamera hervorzieht, und vor allem sehe ich sein Lächeln in dem Moment, als er das Bild von der auf dem Boden geplatzten Tüte macht. Ich habe meinen Superhelden verloren.

Ich versuche zu verstehen. Diesen Stolz zu verstehen, diese Freude in seinem Gesicht, als hätte er jetzt alles im Kasten, als würde das Foto, das er gerade gemacht hat, alles auf den Punkt bringen. Das ist alles, was für ihn zählt, das gelungene Foto, und es bedeutet nichts, wie viel Leid dahintersteckt, es ist unwichtig, wie viel Essenszeug weggeworfen wird. Wenn das Kaufhaus das Essenszeug nicht wegwerfen würde, dann wäre Émile nichts. Eigentlich würde es Künstler wie Émile in einer vollkommenen Welt gar nicht mehr geben. Denn sie leben ja im Grunde nur, um das Schlechte aufzuzeigen. Und reicht das etwa? Reicht es, das Schlechte aufzuzeigen?

Und was ist mit mir, wozu bin ich nutze? Dazu, die Maschinerie am Laufen zu halten, wie er sagt? Dazu, als Versuchskaninchen zu dienen? Dazu, das Sujet eines gelungenen Fotos zu sein?

Am Ende frage ich mich, ob er alles eingefädelt hat, Émile meine ich. Ob das alles im Grunde nur ein mieser Trick war, dass es ihm schnurzegal ist, ob jemand unser Essenszeug haben wollte, da er einzig und allein diese Momentaufnahme im Kopf hatte, dieses Foto, diesen Augenblick der Unbeholfenheit, als mir, am Boden liegend, klar wurde, dass wir dabei waren, ein Verbrechen zu begehen. Dass er alles geplant hatte für dieses Bild, das ganze gestohlene Essenszeug? Ich denke an Monsieur Victor, ich denke an die Schokoladenriegel. Ich denke an die Überwachungskameras. Ich denke an die Augen von Monsieur Giordino, ich denke an das Objektiv von Émiles Fotoapparat, ich denke an das Auge des Schwertfisches, und ich denke wieder an die Überwachungskameras.

Und ich schlafe nicht.

Am nächsten Morgen habe ich ein sehr mulmiges Gefühl, als ich in der Abteilung ankomme. Natascha sieht mich merkwürdig an, gerade so, als wüsste sie Bescheid. Monsieur Giordino wundert sich, dass es nichts zum Wegwerfen gibt. Dabei haben wir doch gestern gar nicht so viel Umsatz gemacht, sagt er, das ist seltsam. Ich zögere einen Augenblick und fühle mich schlecht. Ich sage ihm mit heiserer Stimme, dass ich bereits alles weggeworfen habe. Er sieht mich stirnrunzelnd an. Und dann sagt er: »Ach, gut, danke.«

Im Grunde lüge ich ja nicht. Der Tag beginnt wie alle anderen auch. Léon sagt zu mir: »Wie geht's denn heute, Monsieur Fisch?«, und als die Kunden kommen, sage ich ihnen wie immer, dass mein Fisch gut ist, wirklich gut, dass er frisch ist, und haben Sie gesehen, wir haben Stöcker im Angebot!

Und dann kommt die Pause. Ich gehe als Letzter, um halb elf. Ich fahre in die Kantine hoch, und im Aufzug sage ich mir, dass ich vielleicht noch einmal davongekommen bin. Aber als ich oben aussteige, fordert mich die Dame von der Gebäudesicherheit auf, ihr auf der Stelle zu folgen. Madame Bullot ist klein, dick, trägt eine Brille und hat sehr kurze schwarze Haare, die sie färbt. Da bin ich mir ganz sicher, weil sie schon so alt ist, dass sie eigentlich grau sein müssten. Sie führt mich in ihr Büro, und ich spüre Angst in mir aufsteigen. Im Büro der Gebäudesicherheit stehen ein Tisch und drei Stühle, einer vor mir, zwei gegenüber, und auf einem von ihnen sitzt Monsieur Blazer. Er kommt mir gerade recht mit seinem feuchten Blick und seinen Hängebacken. Er ähnelt echt einem Seeteufel, ich meine: Er hat wirklich den Kopf eines Seeteufels. Ich setze mich. Und dann sage ich mir, jetzt, in diesem Büro, diesen beiden gegenüber, Monsieur Blazer und Madame Bullot, dieses Mal werde ich mich nicht reinlegen lassen. Ich lächele sie höflich an.

»Sie wissen, warum Sie hier sind, Monsieur Fischer?«, da nicke ich, sage jedoch nichts, natürlich. Aber ihr dürft mir trotzdem die Leviten lesen, darauf brennt ihr ja förmlich. »Wir haben gesehen, was Sie gestern Abend mit Ihrem Kollegen von der Abfallabteilung gemacht haben, Monsieur… Wie heißt er noch gleich?« Madame Bullot nennt ihm den Namen von Émile, nachdem sie in ihrer Auflistung aller Angestellten nachgesehen hat. »Genau, nun ja. Alles ist von den Überwachungskameras aufgezeichnet worden. All Ihre Bewegungen sind gefilmt worden. Sie wissen, dass das Diebstahl ist, Monsieur Fischer. Sie besaßen nicht die Erlaubnis, diese Waren an sich zu nehmen.« Ach was, nein, das wusste ich nicht. »Außerdem, Monsieur Fischer, ist uns durchaus aufgefallen, dass Sie beide sich seit einiger Zeit ziemlich oft in der Abfallabteilung herumtreiben. Madame Bullot hat uns diesbezüglich bereits einige Male in Kenntnis gesetzt. Uns ist auch nicht verborgen geblieben, dass Sie manchmal bis sehr spät in die Nacht dort unten bleiben. Manchmal einer von Ihnen, manchmal der andere, oft alle beide. Bisher sind wir nicht eingeschritten, denn wir dachten nicht, dass Sie irgendetwas im Schilde führen. Aber jetzt … Wir werden etwas unternehmen müssen, Monsieur Fischer.« Was soll das ganze Geschwätz? Und warum ist Émile nicht hier? Wenn sie mich feuern wollen, sollen sie es doch einfach sagen. »Wir haben bereits die gleiche Unterhaltung mit Ihrem … ähh … Freund geführt. Wir wollen nun Ihre Version der ganzen Geschichte hören. Ich würde gern Ihre Gründe erfahren, Monsieur Fischer. Ich möchte, dass Sie mir erklären, was Sie dazu verleitet hat, so etwas zu tun. Monsieur Giordino hat uns bei der letzten Zusammenkunft der Abteilungsleiter eine sehr positive Beurteilung von Ihnen gegeben. Sie sind ein, ich zitiere, vorbildlicher Angestellter, immer pünktlich, immer zur Stelle, Sie sind hilfsbereit und Sie lernen rasch.«

Ich schweige einen Augenblick. Es rührt mich, dass Monsieur Giordino all das über mich geschrieben hat, ich fühle mich schuldig, so fürchterlich schuldig. Und dann denke ich fieberhaft nach. Ich denke an Émile. Ich frage mich, was er ihnen gesagt hat. Dann spüre ich ein Ziehen im Bauch. Ich sehe genau, dass ich sie jetzt überrasche, meine Stimme ist ernster als sonst. Ich spreche, ohne zu stottern: Es war Émile, Monsieur. Émile hat mich gezwungen. Es war seine Idee. Alles zu stehlen. Er macht eine Fotoreportage. Er macht Fotos von den Containern in der nullten Etage, um die Lebensmittelverschwendung anzuprangern. Er will uns fertigmachen, Sie, mich und den Geschäftsführer auch. Er wird die Fotos der Presse geben, und das Kaufhaus wird schließen müssen. Es wird einen großen Skandal geben.

Jetzt sehen mich Monsieur Blazer und Madame Bullot mit großen Augen an. Aber ich sage nun nichts mehr, ich sitze stumm wie ein Karpfen vor ihnen. Und ich sehe sie an, mit ihren leeren Augen, diese Menschen, die einen Schwertfisch lediglich auf ihren Tellern sehen und nicht als einen Fisch, dessen Hinterteil in der Kühlbox steckt und mit dem man sprechen kann wie mit einem Freund. Ich sehe sie an und habe Bauchweh dabei, mir einzugestehen, dass ich auf ihrer Seite bin.

Und ich denke an den Freund, den ich gerade verraten habe. Monsieur Blazer wird puterrot, als er zu mir sagt: »Das ist erstaunlich. Ich muss sagen, dass wir mit einer anderen Antwort gerechnet haben. Diese Geschichte von der Reportage … Ist das wahr, was Sie da erzählen?« Da antworte ich ihm, nein, oder eigentlich doch, im Grunde weiß ich es auch nicht so genau, und ich werde ganz rot. Ich sage mir, dass er es wissen würde, wenn er seine Arbeit gründlich gemacht hätte, er hätte nur den Lebenslauf von Émile noch einmal lesen müssen, da hätte er gesehen, dass er eine Kunsthochschule besucht hat, da hätte er sich fragen können, er, als Fachmann für Personalfragen, warum ein intelligenter, begabter Typ sich dafür hergibt, in der nullten Etage des Kaufhauses zu arbeiten.

Aber gut, ich überlasse sie ihrem Schweigen, und um keine weiteren Dummheiten von mir zu geben, sage ich einfach nur noch, dass die Fische sich nicht von allein verkaufen und es Zeit wird, dass ich zu ihnen zurückkehre. Ich verlasse das Büro und gehe wieder hinunter in die Fischabteilung.

Unten tue ich so, als wäre nichts gewesen. Monsieur Giordino sagt zu mir: »Die Muscheln sind einfach der Hammer. Die laufen wie geschnitten Brot. Hast du das gesehen, Charlie, wir haben hundert Kilo bestellt, und fünfzig davon sind seit gestern schon verkauft!« Sicher doch, antworte ich ihm, aber die sind auch wirklich nicht teuer, nicht wahr? Es lohnt sich echt, und dann müssen sie ja nur mit etwas Weißwein, Zwiebel und Petersilie fünf bis sieben Minuten in den Kochtopf, hmmm, das ist superlecker.

Auch während des restlichen Vormittags verschwindet das mulmige Gefühl nicht. Was genau hat Émile ihnen wohl gesagt? Zum ersten Mal in meinem Leben war ich nun nicht der nette Charlie, der alles mit sich machen lässt. Mittags kaufe ich mir ein Sandwich in der Backwarenabteilung des Kaufhauses und fahre in die Kantine hoch, um Pause zu machen.

Draußen auf der Terrasse ist Léon und raucht eine Zigarette. Ich gehe zu ihm, und dann, nach einem Bissen von meinem Sandwich, frage ich ihn, ob er mir auch eine geben kann. Er sieht mich ganz seltsam an: »Was ist denn in dich gefahren, Charlie?« und reicht mir das Päckchen. Ich schiebe die Zigarette zwischen die Lippen, zünde sie mit dem Feuerzeug an, das er auf dem Tisch liegen hat. Als ich den Rauch inhaliere, huste ich ein wenig.

Und dann betritt Émile die Kantine. Er trägt ein T-Shirt und Jeans, seine Jacke hat er sich über die Schultern geworfen, auf dem Rücken trägt er einen Rucksack. Ich sehe ihn an, er sieht mich an, aber wir sagen nichts. Er macht sich einen Kaffee, und er bleibt neben der Maschine stehen, um ihn zu trinken. Ich atme den Rauch in tiefen Zügen ein, und das kratzt im Hals. Ich huste, als Léon die Kantine verlässt, und höre nicht, was er zu mir sagt. Ich sauge den Rauch hastig in mich hinein, bis die Zigarette mir die Finger verbrennt, und dann werfe ich sie in den Aschenbecher, ohne sie zu löschen. Ich will die Kantine wieder verlassen, aber da packt mich Émile am Arm. Er packt mich am Arm und hält mich zurück, wie ich es gestern bei ihm vor der Tür des Waisenhauses getan habe. Er hält mich zurück, ich schaffe es nicht, ihm in die Augen zu sehen, während ich mir innerlich schon vorstelle, wie er mich anschreit. Ich stelle mir vor, dass er mir die schlimmsten Dinge an den Kopf wirft, ich weiß nicht, Dinge, Worte, die verletzen. Und ich bereite mich schon auf den Gegenangriff vor und balle meine Faust in der Tasche.

Er fasst mir mit seiner linken Hand unters Kinn – seine rechte Hand hat meinen Arm immer noch fest im Griff – und versucht mein Gesicht zu heben, damit ich ihn ansehe, aber ich halte den Blick weiterhin gesenkt, meine Faust bleibt geballt, und ich sehe nur seine Schuhe. Und dann höre ich ihn, ich höre nur seine Stimme, ich höre, wie er etwas zu mir sagt, er sagt: »Danke«.

Ich sehe ihn an. Ich sehe seine Augen, in denen ich Wut

erwartet habe, und ich sehe einzig und allein die guten, vertrauten Augen von Émile, diese durchdringenden Augen, voller Intelligenz, diese Augen, die all das lesen, die all das wissen, was ich niemals lesen, was ich niemals wissen werde. Warum, Émile, warum sagst du dieses Wort zu mir, warum dieses Wort? Danke für das Foto? Er hat meinen Arm losgelassen, und er hat seine Hand auf meine Schulter gelegt wie Monsieur Victor, und sein Mund verzieht sich ebenso wie seine Augenbrauen, er wirkt tief gerührt, dann verlässt seine warme Hand meine Schulter, und er geht ganz schnell hinaus, und ich bleibe allein dort zurück, in der leeren Kantine vor der Kaffeemaschine.

Als ich die Kantine verlasse, ist er schon weit weg. Ich gehe langsam in Richtung Aufzug, bevor mir auffällt, dass ich mein kaum angerührtes Sandwich auf dem Tisch draußen auf der Terrasse vergessen habe. Ich will schon dorthin zurückkehren, aber dann lasse ich es, ich habe keinen Hunger. Dieses Mal nehme ich nicht den Aufzug. Ich lenke meine Schritte zur Rolltreppe, und dort stehe ich plötzlich Monsieur Blazer gegenüber, der mich auffordert, ihm zu folgen.

»Gut, dass ich Sie treffe. Haben Sie kurz Zeit?«

So, wie er die Tür zu seinem Arbeitszimmer öffnet und mir mit der anderen Hand nachdrücklich bedeutet, dort einzutreten und mich zu setzen, ist mir sofort klar, dass seine Frage im Grunde gar keine Frage ist. Ich bin seit meinem Einstellungsgespräch vor zwei Jahren nicht mehr in diesem Büro gewesen. Ich erinnere mich, wie sehr es mich damals einschüchterte, ich kam vor Angst beinahe um. Ich hatte den ganzen Tag über nichts gegessen, und als ich das Gespräch hinter mir hatte, war ich weiß wie die

Wand und habe zuerst einmal einen riesigen dreifachen Hamburger verschlungen.

Ich habe Herzklopfen, als ich das Büro von Monsieur Blazer betrete. Er setzt sich mir gegenüber und legt beide Hände auf den Tisch. Er sieht mir direkt in die Augen.

»Monsieur Fischer, wir wissen Ihre Treue unserem Kaufhaus gegenüber zu schätzen. Dennoch ist der Diebstahl, in den Sie gestern Abend verwickelt waren, ein schwerwiegender Vorfall. Ich möchte nur sicherstellen, dass Sie sich darüber vollkommen im Klaren sind.«

Ich nicke.

»Ich betone die Schwere des Vorfalls, weil er zu einem für Sie entscheidenden Zeitpunkt stattfand. Wir wollten Ihnen nämlich nach dem Gespräch mit Ihrem Vorgesetzten gerade ein Angebot machen. Ein Angebot, das Ihnen nun beinahe durch die Lappen gegangen wäre.«

Ich sehe ihn schweigend an.

»Monsieur Fischer, ich will nicht lange um den heißen Brei herumreden: Wir bieten Ihnen eine Vollzeitstelle an, und zwar als neuer Assistent von Monsieur Giordino.«

Ich falle aus allen Wolken. Ich sage nichts. Ich denke an Émile.

»Nun, was sagen Sie dazu?«

Natürlich nehme ich das Angebot an. Monsieur Blazer schiebt mir einen neuen Vertrag zu. Ich unterzeichne, ohne etwas zu sagen, und gebe ihm den ganzen Stapel zusammengetackerter Blätter zurück.

»Danke.«

Und dann, als könnte er meine Gedanken lesen:

»Ihnen ist klar, Monsieur Fischer, dass dieser Vertrag nicht nur ein Stück Papier ist. Er ist ein Versprechen. Und zugleich ein Vertrauensbeweis. Von uns, Ihnen gegenüber. Jeder macht einmal einen Fehler. Ich hoffe aber, dass Sie sich in Zukunft Ihrer Aufgabe gewachsen zeigen.«

Ich nicke. Er steht auf und wendet sich zur Tür, die er mit der einen Hand bereits öffnet, während er mir die andere Hand hinstreckt. Ich stehe auf und ergreife sie. Er quetscht meine Hand ziemlich zusammen und hält sie ein paar Sekunden fest, als wolle er mich zwingen, ihm in die Augen zu sehen.

»Meinen Glückwunsch, Monsieur Fischer.«

Er lässt meine Hand los. Ich drehe mich um und gehe wieder in die Fischabteilung hinunter.

Den ganzen Tag über läuft der Verkauf gut, es sind viele Kunden da. Kurz vor Feierabend kommt Scarlett. Als ich sie sehe, stelle ich mir vor, dass Scarlett und ich, dass wir irgendwann heiraten und vielleicht sogar Kinder haben und dass wir glücklich sind. Natürlich ist das nur ein Traum, aber gerade deshalb ist es schön. Und so muss es auch bleiben. Ein Traum ist nicht dazu da, Wirklichkeit zu werden, nein, weil man in seinen Vorstellungen nicht enttäuscht werden kann. Nur das Leben ist dafür da, einen zu enttäuschen. Mit Natascha ist es jetzt übrigens so, dass wir alle beide so tun, als wäre neulich nichts gewesen, und das ist sicher besser so. Seit der tollen Mitarbeiterfeier ist sie mit Mike zusammen. Es war ihr nicht im Geringsten peinlich, der ganzen Truppe zu erzählen, dass sie vollkommen betrunken mit ihm nach Hause gegangen und seitdem total verliebt ist. Ich nehme es ihr nicht übel. Umso besser für die beiden. Ich bin schließlich auch glücklich. Ich bin der Assistent von Monsieur Giordino.

Nach der Arbeit fahre ich in die nullte Etage, aber es ist niemand da. Die Bücherstapel stehen noch herum. Ich gehe in die Umkleide, ziehe meine Fischverkäuferuniform aus und mache mich auf den Heimweg.

Was Émile angeht, so glaube ich, außer mir hat fast niemand bemerkt, dass er nicht mehr da ist. Er hatte nicht viele Freunde hier.

Manchmal gehe ich mittwochs immer noch in die nullte Etage hinunter, ganz allein. Aber es ist nicht mehr das Gleiche. Die Bücherstapel sind verschwunden. Vermutlich sind die Bücher, wie alles andere auch, schlicht und einfach in dem großen Kipplader gelandet, bevor sie dann eingestampft wurden. Aber ich kann mich der Vorstellung nicht erwehren, dass Émile sie bei seinem Aufbruch alle »wiederverwertet« hat. Er hat sie in einen riesigen Müllsack gepackt, den er dann auf den Rücken genommen hat. Er hat es tatsächlich geschafft, alle Bücher hineinzustecken, weil der Müllsack offenbar unendlich groß ist. Und dann geht er mit einem Lächeln auf den Lippen durch die kleine Tür hinten in der nullten Etage davon.

Quellenverzeichnis

Jorge Luis Borges (S. 72)
Borges, Jorge Luis: »Tlön, Uqbar, Orbis Tertius«
In: *Gesammelte Werke in zwölf Bänden. Band 5: Der Erzählungen erster Teil,* München, 2000.
Übersetzt von Gisbert Haefs, Karl August Horst und Wolfgang Luchting.

Fjodor Michailowitsch Dostojewski (S. 5)
Dostojewski, Fjodor Michailowitsch: *Der Idiot.* Berlin, 1958. Übersetzt von Hermann Röhl.

Herberto Helder (S. 51)
Helder, Herberto: *Le poème continu. Somme anthologique, édition bilingue français-portugais.* Paris, 2002.
Übersetzt von Monika Buchgeister.

Ghérasim Luca (S. 50)
Luca, Ghérasim: »Leidenschaftlich«. In: *Das Köperecho/ Lapsus Lingune: Gedichte.* Wien und Basel/Weil am Rhein, 2004. Übersetzt von Mirko Bonné, Theresia Prammer und Michael Hammerschmid.

Ghérasim Luca (S. 63)
Luca, Ghérasim: *Herzgrenze.* In: *Das Körpercho/ Lapsus Linguae: Gedichte.* Wien und Basel/ Weil am Rhein, 2004. Übersetzt von Mirko Bonné, Theresia Prammer und Michael Hammerschmid.

Pierre Carlet de Chamblain de Marivaux (S. 62)
Marivaux, Pierre Carlet de Chamblain de: *Das Spiel von Liebe und Zufall und andere Komödien.* Berlin, 1985. Übersetzt von Gerda Scheffel.